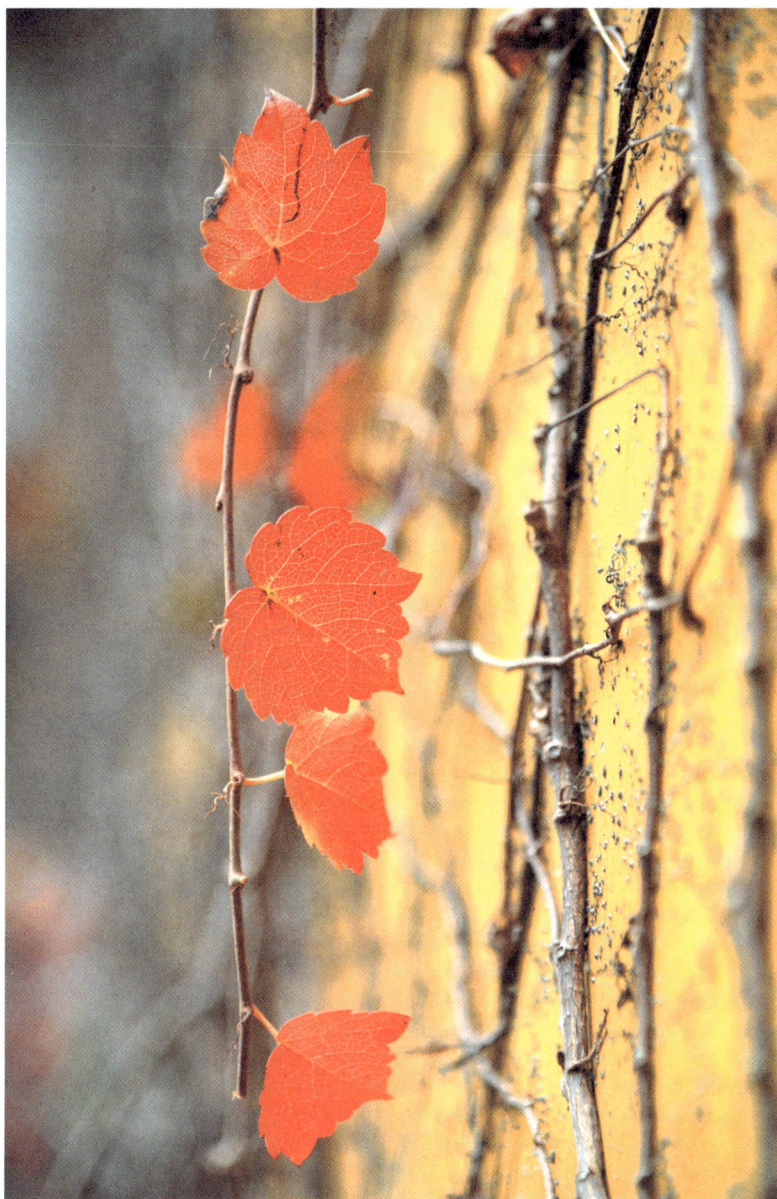

一个人如果愿意时常保有寻觅美好感觉的心，
那么在事物的变迁之中，
不论是生机盎然或枯落沉寂都可以看见美，
那美的原不在事物，
而在心灵、感觉，乃至眼睛。

一个夕阳，古代人和现代人看起来有同样的美，

但是如果心情复杂，站在这山看那山高，

夕阳永远没有最美的时刻。

一切都是美的，多好！最真实的是，
不管如何开谢，我们总知道开谢的是同一池荷。

当我们能反观到明净的自性，
就能"竹密无妨水过，山高不碍云飞"，
就能在山高的林间，
听微风吹动幽微的松树，
远听，近闻，都是那样的好！

浩浩宇宙，渺渺大千；

万象森森，众生芸芸。

有一些鸟坚持在雨中唱歌；

有一些鱼坚持美丽与优雅；

有一种意象，坚持在绝境中，还要逍遥于大化。

宝光生起的事物，自然平常，
能与一切的外境相容，既不夺人，
也不夺境，却不减损自己的光芒。

欢喜的心最重要，有欢喜心，
则春天时能享受花红草绿，
冬天时能欣赏冰雪风霜，
晴天时爱晴，雨天时爱雨。

假若能有一面清明的镜子，
我们就会发现世界多么美丽而值得欣赏，
每一个人都有美的质地，
每一朵花都有优雅的风姿，
每一棵树都有卓然的性格……

咸也好，淡也好

Looking for inner peace

林清玄 著

北京联合出版公司
Beijing United Publishing Co., Ltd.

自序
天地本无主，有闲者便是主人

霜叶红于二月花

今天整理阳台的时候，发现树兰长出了许多黄叶，树兰的花也是黄的，黄的花与黄的叶相衬，自有一种秋日的美。

我把黄叶一一摘下，铺在盆子里，这些秋锦的断片，虽然零散，却也生起潇洒的秩序。

看那云，一天比一天高，秋天真的来了。

我想起日本茶道祖师千利休的故事。

有一年的秋天，他叫儿子去打扫茶室外的庭院。

儿子很认真地打扫完庭院，向千利休报告："父亲，庭院已经扫好了。"

千利休看了一眼，对儿子说："看起来还没扫好！"

儿子又去扫了半天，回来报告："父亲，庭院真的扫好了。"

千利休又看了一眼："还没有真正完成呢！"

儿子又扫了半天，第三次向父亲报告："父亲，庭院已经扫得一尘不染，连最小的灰尘也被水冲了三次，这一次，真的扫好了。"

千利休走进院子，用力地摇动一棵枫树，枫叶随即纷纷飘落，地上形成了一片零散但潇洒的锦绣，他回头对儿子说："这才是打扫庭院的方法！"

我喜欢这一则仿佛禅宗公案的故事，不打扫的庭院不会美，扫得一尘不染的庭院也不会美，扫得很清净，又落下几片树叶，生机映现了生命的流光，才显现真正的美。

这是为什么？"停车坐爱枫林晚，霜叶红于二月花"，秋天的红叶胜过春日的红花，那不是一朵花与一朵花的相较，而是整个秋意、黄昏、晚霞，使心悠然、心情悠然了。人与红叶一如，清风即是万里秋。

我们的人生不也是如此吗？前面的青春，我们一直努力整理生命的庭院，现在应该悠然自在地摇一摇枫树，欣赏那随意的美。

人生的进程本来就是随缘随机的，有高潮起伏的时刻，也有平淡平凡的时刻。重要的不是面对什么样的时刻，而是能不能随喜随心。能随喜，咸里有咸的滋味；能随心，淡也有淡的滋味。

我在咸淡之间，都处之泰然，在春绿与秋红，都欢喜自在。

窗边的迷迭香

妻子淳珍喜欢植物，使我每次远行回家，都感觉进入花园。

我们家最贵重的，不是什么宝物，而是满室的花香与绿叶。

我静静坐着写作时，偶尔抬头四顾，看见那些绿叶对着我微笑，闻到那些花香与我微语，总能感觉到生命的幸福。

即使在厨房的窗边，淳珍也会种一些香草，迷迭香、薄荷、罗勒、鼠尾草、薰衣草……那不只是视觉的绿，也是味觉的丰盈。

煎牛排时，放几叶迷迭香，层次变得丰盈了；吃鱼时，放一些薰衣草，腥味立刻飞散，飘来草原的芬芳；煮茶的时候，放几片薄荷，茶味马上清凉飘逸了。

几片草，立即改变了生活的滋味，也提升了生命的感受。

看那些小草叶，我总是充满感动，我们一直在追寻生命的幸福，但，"幸福"只是空洞的名词。"幸福"必须确立或寄予在简单的事物上，幸福乃不是拥有，而是感受。

如果我们有感受，就好像手里有仙女的魔棒，所过之处，点石成金，点草成林，点凡夫成精灵。

我想到生命中最好的事物总是"无添加"的，唯有原味、清淡、无添加的事物才能陪我们一辈子。水、米饭、面条、空气，无味中有至味，可以伴我们一辈子；爱、亲友、美，平常中有深情，也可以陪我们一生一世。

一叶草中有丈二金刚，我的生活与写作也可以如是观，我的作品都是平常事物，平常不平凡、单纯不简单，希望能与读者相偕走向"无添加"的生活境界。

天地本无主，有闲者便是主人

紫图图书公司把我从前有关生活的散文，编成一册新选集《咸也好，淡也好》，是关于寻找生活幸福的选编。

重读这些文章，使我回到农村生活的童年，虽然物质贫乏，因为欲望降到最低，也有许多欢乐时光。

躺在晒谷场上看着云的来去，感觉到时空的自由；穿越森林闻鸟听蝉，思考人生的秘密与追索；散步大平原，看见心的辽阔与静谧；独坐于旗尾溪畔，知悉两度伸足入水，已非前水。

我离开农村前，就已经深刻地了解：不用花费一文钱，就能享用生命的幸福快乐，也能享用宇宙大化的深沉与种种了。

所以，我常说穷人是富有的，因为最富有的人拥有的不过是几座大楼，穷人却能以大地、河海、森林、风云、彩虹为家乡。

"天地本无主，有闲者便是主人。"苏东坡如是说。

我曾如是追寻，至以创作作为追寻的蓝图，唯愿此生，都能像稚子一样继续追寻。

林清玄

二〇一五年冬日

台北双溪清淳斋

目 录
Contents

第一辑 ————————————————————

白雪少年：我似昔人，不是昔人

1. 幸福的开关　　　　　　　　　　　3

2. 家家有明月清风　　　　　　　　13

3. 冰糖芋泥　　　　　　　　　　　19

4. 我似昔人，不是昔人　　　　　　25

5. 遥远的自己　　　　　　　　　　33

6. 一心一境　　　　　　　　　　　39

7. 常想一二　　　　　　　　　　　43

8. 一生一会　　　　　　　　　　　48

9. 无风絮自飞　　　　　　　　　　50

第二辑

咸也好，淡也好

1. 一个茶壶一个杯　　　　　　54

2. 忘情花的滋味　　　　　　　59

3. 咸也好，淡也好　　　　　　63

4. 永远的第一点　　　　　　　67

5. 抹茶的美学　　　　　　　　70

6. 海边的白蝴蝶　　　　　　　76

第三辑

贼光消失，宝光升起

1. 棒喝　　　　　　　　　　　81

2. 一滴水到海洋　　　　　　　89

3. 贼光消失的时候　　　　　　95

4. 清风匝地，有声　　　　　　99

5. 不下棋的时候　　　　　　　107

6. 猫头鹰人　　　　　　　　　111

7. 掌中宝玉   116

8. 老实镜   119

第四辑 ————————————————————

心田上的百合花

1. 野生兰花   124

2. 心田上的百合花   130

3. 枯叶蝶的最后归宿   133

4. 木瓜树的选择   136

5. 生活的回香   139

6. 绝望中还向前跑   143

7. 慢速球进垒   147

8. 一杯蜜是炼过几只蜂的   151

9. 绝境飞行   155

10. 陶器与纸屑   162

11. 荷花之心   165

12. 人是有机   169

13. 九月很好   172

第五辑 —————————————————

黄昏菩提

1. 牛肉汁时代　　　　　181

2. 黄昏菩提　　　　　185

3. 快乐真平等　　　　　195

4. 活的钻石　　　　　198

5. 盖世神功　　　　　201

第六辑 —————————————————

一朝

1. 舍枝　　　　　207

2. 真正的桂冠　　　　　209

3. 云散　　　　　213

4. 紧抱生命之树　　　　　217

5. 以水为师　　　　　221

6. 一朝　　　　　227

7. 采更多雏菊　　　　　233

8. 第四个诗人　　　　　237

白雪少年：我似昔人，不是昔人

流逝的岁月，似我非我
未来的日子，也似我非我
只有善待每一个今朝
尽其在我的珍惜每一个因缘
并且深化、转化、净化自己的生命

生命的幸福原来不在于人的环境、人的地位、人所能享受的物质，
而在于人的心灵如何与生活对应。

1. 幸福的开关

一直到现在，我每看到在街边喝汽水的孩童，总会多注视一眼。而每次走进超级市场，看到满墙满架的汽水、可乐、果汁饮料，心里则颇有感慨。

看到这些，总令我想起童年时代想要喝汽水而不可得的景况，在台湾初光复不久的那几年，乡间的农民虽不致饥寒交迫，但是想要三餐都吃饱似乎也不太可得，尤其是人口众多的家族，更不要说有什么零嘴饮料了。

我小时候对汽水有一种特别奇妙的向往，原因不在汽水有什么好喝，而是由于喝不到汽水。我们家是有几十口人的大家族，小孩依大排行就有十八个之多，记忆里东西仿佛永远不够吃，更别说是喝汽水了。

喝汽水的时机有三种，一种是喜庆宴会，一种是过年的年夜饭，一种是庙会节庆。即使有汽水，也总是不够喝，到要喝汽水时好像进行一个隆重的仪式，十八个杯子在桌上排成一列，依序各倒半杯，几乎喝一口就光了，然后大家舔舔嘴唇，觉得汽水的滋味真是鲜美。

有一回，我走在街上的时候，看到一个孩子喝饱了汽水，站在屋檐下嗳气，呕——长长的一声，我站在旁边简直看呆了，羡慕得要死掉，忍不住忧伤地自问道：什么时候我才能喝汽水喝到饱？什么时候才能喝汽水喝到嗳气？因为到读小学的时候，我还没尝过喝汽水喝到嗳气的滋味，心想，能喝汽水喝到把气嗳出来，不知道是何等幸福的事。

当时家里还点油灯，灯油就是煤油，闽南话称作"臭油"或"番仔油"。有一次我的母亲把臭油装在空的汽水瓶里，放置在桌脚旁，我趁大人不注意，一个箭步就把汽水瓶拿起来往嘴里灌，当场两眼翻白，口吐白沫，经过医生的急救才活转过来。为了喝汽水而差一点丧命，后来成为家里的笑谈，却并没有阻绝我对汽水的向往。

在小学三年级的时候，有一位堂兄快结婚了，我在他结婚的前一晚竟辗转反侧地失眠了，我躺在床上暗暗地发愿：明天一定要喝汽水喝到饱，至少喝到嗳气。

第二天我一直在庭院前窥探，看汽水来了没有。到上午九点多，看到杂货店的人送来几大箱的汽水，堆叠在一处，我飞也似的跑过去，提了两大瓶黑松汽水，就往茅房跑去。彼时农村的厕所都盖在远离住屋的几十米之外，有一个大粪坑，几星期才清理一次，我们小孩子平时是很恨进茅房的，卫生问题通常是就地解决，因为里面实在太臭了。但是那一天我早计划好要在里面喝汽水，那是家里唯一隐秘的地方。

我把茅房的门反锁，接着打开两瓶汽水，然后以一种虔诚的心情，把汽水咕嘟咕嘟地往嘴里灌，就像灌蟋蟀一样，一瓶汽水一会儿就喝光了，几乎一刻也不停地，我把第二瓶汽水也灌进腹中。

我的肚子整个胀起来，我安静地坐在茅房地板上，等待着嗳气，慢慢地，肚子有了动静，一股沛然莫之能御的气翻涌出来，呕——汽水的气从口鼻冒了出来，冒得我满眼都是泪水，我长长地叹了一口气："这个世界上再也没有比喝汽水喝到嗳气更幸福的事了吧！"然后朝圣一般打开茅房的木栓，走出来，发现阳光是那么温暖明亮，好像从天上回到了人间。

每一粒米都充满了幸福的香气

在茅房喝汽水的时候，我忘记了茅房的臭味，忘记了人间的烦恼，觉得自己是世界上最幸福的人，一直到今天我还记得那年叹息的情景，当我重复地说："这个世界上再也没有比喝汽水喝到嗳气更幸福的事了吧！"心里百感交集，眼泪忍不住就要落下来。

贫困的岁月里，人也能感受到某些深刻的幸福，像我常记得添一碗热腾腾的白饭，浇一匙猪油、一匙酱油，坐在"户定"（厅门的石阶）前细细品味猪油拌饭的芳香，那每一粒米都充满了幸福的香气。

有时候这种幸福不是来自食物。我记得当时我们镇上住了一位卖酱菜的老人，他每天下午的时候都会推着酱菜摊子在村落间穿梭。他沿路都摇着一串清脆的铃铛，在很远的地方就可以听见他的铃声。每次他走到我们家的时候，都在夕阳落下之际，我一听见他的铃声跑出来，就看见他浑身都浴在黄昏柔美的霞光中，那个画面、那串铃声，使我感到一种难言的幸福，好像把人心灵深处的美感全唤醒了。

有时幸福来自于自由自在地在田园中徜徉了一个下午。

有时幸福来自于看到萝卜田里留下来作种的萝卜，开出一片宝蓝色的花。

有时幸福来自于家里的大狗突然生出一窝颜色都不一样的、毛茸茸的小狗。

生命的幸福原来不在于人的环境、人的地位、人所能享受的物质，而在于人的心灵如何与生活对应。因此，幸福不是由外在事物决定的，贫困者有贫困者的幸福，富有者有富有者的幸福，位尊权贵者有其幸福，身份卑微者也有其幸福。在生命里，人人都是有笑有泪；在生活中，人人都有幸福与忧烦，这是人间世界真实的相貌。

从前，我在乡间城市穿梭做报道访问的时候，常能深刻地感受到这一点。坐在夜市喝甩头仔米酒配猪头肉的人，他感受到的幸福往往不逊于坐在大饭店里喝 XO 的富豪。蹲在寺庙门口喝一斤二十元粗茶的农夫，他得到的快乐也不逊于喝冠军茶的人。围在甘蔗园呼么喝六，输赢只有几百元的百姓，他得到的刺激绝对不输于在梭哈台上输赢几百万的豪华赌徒。

这个世界原来就是个相对的世界，而不是绝对的世界，因此幸福也是相对的，不是绝对的。

由于世界是相对的，使得到处都充满缺憾，充满了无奈与无言的时刻。但也由于相对的世界，使得我们不论处在任何景况，都还有幸福的可能，能在绝壁之处也见到缝隙中的阳光。

我们幸福的感受不全然是世界所给予的，而是来自我们对外在或内在的价值判断，我们幸福与否，正是由自我的价值观来决定的。

以直观来面对世界

如果，我们没有预设的价值观呢？如果，我们可以随环境调整自己的价值判断呢？

就像一个不知道金钱、物质为何物的孩子，他得到一千元的玩具与十元的玩具，都能感受到一样的幸福。这是他没有预设的价值观，能以直观来面对世界，世界也因此以幸福来面对他。

就像我们收到陌生者送的贵重礼物，给我们的幸福感还不如知心朋友寄来的一张卡片。这是我们随环境来调整自己的判断，能透视物质包装内的心灵世界，幸福也因此来面对我们的心灵。

所以，幸福的开关有两个，一个是直观，一个是心灵的品味。

这两者不是来自远方，而是由生活的体会得到的。

什么是直观呢？

有源律师问大珠慧海禅师："和尚修道，还用功否？"

大珠："用功。"

"如何用功？"

"饿来吃饭，困来眠。"

"一切人总如同师用功否？"

"不同！"

"何故不同？"

"他吃饭时不肯吃饭，百种须索；睡时不肯睡，千般计较，所以不同也。"

好好地吃饭，好好地睡觉就是最大幸福、最深远的修行，这是多么伟大的直观！在禅师的语录里有许多这样的直观，都是在教导启示我们找到幸福的开关，例如：

百丈怀海说："如今对五欲八风，情无取舍，垢净俱亡，如日月在空，不缘而照；心如木石，亦如香象截流而过，更无滞碍，此人天堂地狱不能摄也。"

庞蕴居士说："神通并妙用，运水与搬柴。""好雪片片，不落别处。"

沩山灵佑说："一切时中，视听寻常，更无委屈，亦不闭眼塞耳，但情不附物，即得。……譬如秋水澄清，清净无为，澹泞无碍，唤他作道人，亦名无事之人。"

黄檗希运："凡人多不肯空心，恐落空。不知自心本空，愚人除事不除心，智者除心不除事。""终日吃饭，未曾咬着一粒米；终日行，未曾踏着一片地。与么时，无人我等相，终日不离一切事，不被诸境惑，方名自在人。"

在禅师的话语中，我们在在处处都看见了一个人如何透过直观，找到自心的安顿、超越的幸福。若要我说世间的修行人所为何事？我可以如是回答："是在开发人生最究竟的幸福。"这一点禅宗四祖道信早就说过了，他说："快乐无忧，故名为佛！"读到这么简单的句子使人心弦震荡，久久还绕梁不止，这不是人间最大的幸福吗？

只是在生命的起落之间，要人永远保有"快乐无忧"的心境是何其不易，那是远远超过了凡尘的青山与溪河的胸怀。因此另一个开关就显得更平易了，就是心灵的品味，仔细地体会生活环节的真义。

垂丝千尺，意在深潭

现代诗人周梦蝶，他吃饭很慢很慢，有时吃一顿饭要两个多小时，有一次我问他："你吃饭为什么那么慢呢？"

他说："如果我不这样吃，怎么知道这一粒米与下一粒米的滋味有什么不同？"

我从前不知道他何以能写出那样清新空灵、细致无比的诗歌，听到这个回答时，我完全懂了，那是来自心灵细腻的品味，有如百千明镜鉴像，光影相照，使人们看见了幸福原是生活中的花草，粗心的人践花而过，细心的人怜香惜玉罢了。

这正是黄龙慧南说的："高高山上云，自卷自舒何亲何疏；深深涧底水，遇曲遇直无彼无此。众生日用如云水，云水如然人不尔。

若得尔，三界轮回何处起？"

也是克勤圆悟说的："三百六十骨节，一一现无边妙身；八万四千毛端，头头彰宝王刹海。不是神通妙用，亦非法尔如然，苟能千眼顿开，直是十方坐断！"

众生在生活里的事物就像云水一样，云水如此，只是人不能自卷自舒、遇曲遇直，都保持幸福之状。保持幸福不是什么神通，只看人能不能千眼顿开，有一个截然的面对。

"垂丝千尺，意在深潭。"我们若想得到心灵真实的归依处，使幸福有如电灯开关，随时打开，就非时时把品味的丝线放到千尺以上不可。

人间的困厄横逆固然可畏，但人在困厄横逆之际，没有自处之道，不能找到幸福的开关才是最可怕的。因为这世界的困境牢笼不光为某一个人打造，人人皆然，为什么有的人幸福，有的人不幸，实在值得深思。

我有一位朋友，是一家大公司的经理，有一天，我约他去吃番薯稀饭，他断然拒绝了。

他说："我从小就是吃番薯稀饭长大的，十八岁那一年我坐火车离开彰化家乡，在北上的火车上就对天发誓：这一辈子我宁可饿死，也不会再吃番薯稀饭了。"

我听了怔在当地，就这样，他二十年没有吃过一口番薯，也许是这样决绝的志气与誓愿，使他步步高升，成为许多人欣羡的成功者。不过，他的回答真是令我惊心，因为在贫困岁月抚养我们成长的番薯是无罪的呀!

当天夜里,我独自去吃番薯稀饭,觉得这被视为卑贱象征的地瓜,仍然滋味无穷。我也是吃番薯稀饭长大的,但不管何时何地吃它,总觉得很好,充满了感恩与幸福。

走出小店,仰望夜空的明星,我听到自己步行在暗巷中清晰而渺远的足音,仿佛是自己走在空谷之中,我知道,我们走过的每一步不一定是完美的,但每一步都有值得深思的意义。

只是,空谷足音,谁愿意驻足聆听呢?

人生的幸福来自于自我心扉的突然洞开，有如在阴云中突然阳光显露、彩虹当空。

2. 家家有明月清风

到台北近郊登山，在陡峭的石阶中途，看见一个不锈钢桶放在石头上，外面用红漆写了两个字"奉水"，桶耳上挂了两个塑料茶杯，一红一绿。在炎热的天气里喝了清凉的水，让人在清凉里感觉到人的温情，这桶水是由某一个居住在这城市里陌生的人所提供的，他是每天清晨太阳未升起时就提这么重的一桶水来，那细致的用心是颇能体会到的。

在烟尘滚滚的尘世，人人把时间看得非常重要，因为时间就是金钱，几乎到了没有人愿意为别人牺牲一点点时间的地步，即使是要好的朋友，如果没有重要的事情，也很难约集。但是当我在喝"奉水"的时候，想到有人在这上面花了时间与心思，牺牲自己的力气，就觉得在忙碌转动的世界，仍然有从容活着的人，他为自己的想法去实践某些奉献的真理，这就是"滔滔人世里，不受人惑的人"。

这使我想起童年住在乡村，在行人路过的路口，或者偏僻的荒村，都时常看到一只大茶壶，上面写着"奉茶"，有时还特别钉一个木架子把茶壶供奉起来。我每次路过"奉茶"，不管是不是口渴，总会灌一大杯凉茶，再继续前行，到现在我都记得喝茶的竹筒子，里面似乎还有竹林的清香。

我稍稍懂事的时候，看到了"奉茶"，总会情不自禁地想起乡下土地公庙的样子，感觉应该把放置"奉茶"者的心供奉起来，让人瞻仰，他们就是自己土地上的土地公，对土地与人民有一种无言无私之爱，这是"凡劳苦担重担的人，都到我这里来，我必使他得清凉"的胸怀。我想，有时候人活在这个人世，没有留下任何名姓也不是什么要紧的事，只要对生命与土地有过真正的关怀与付出，就算尽了人的责任。

很久没有看见"奉茶"了，因此在台北郊区看到"奉水"时竟低徊良久，到底，不管是茶是水，在乡在城，其中都有人情的温热。山道边一杯微不足道的凉水，使我在爬山的道途中有了很好的心情，并且感觉到不是那么寂寞了。

到了山顶，没想到平台上也有一个完全相同的钢桶，这时写的不是"奉水"，而是"奉茶"，两个塑料茶杯，一黄一蓝，我倒了一杯来喝，发现茶是滚热的。于是我站在山顶俯视烟尘飞扬的大地，感觉那准备这两桶茶水的人简直是一位禅师了。在完全相同的桶里，一冷一热，一茶一水，连杯子都配得恰恰刚好，这里面到底是隐藏着怎么样的一颗心呢？

我一直认为不管时代如何改变，在时代里总会有一些卓然的人，就好像山林无论如何变化，在山林中总会有一些清越的鸟声一样。同样的，人人都会在时间里变化，最常见的变化是从充满诗情画意逍遥的心灵，变成平凡庸俗而无可奈何，从对人情时序的敏感，变为对一切事物无感。我们在股票号子里看见许多瞪着看板的眼睛，那曾经是看云、看山、看水的眼睛；我们看签六合彩的双手，那曾经是写过情书与诗歌的手；我们看为钱财烦恼奔波的那双脚，那曾经是在海边与原野散过步的脚。我们的眼耳鼻舌身意看起来仍然是与二十年前无异，可是在本质上，有时中夜照镜，已经完全看不出它们的联结，那理想主义的、追求完美的、每一个毛孔都充满了光彩的我，究竟何在呢？

清朝诗人张灿有一首短诗："书画琴棋诗酒花，当年件件不离他；而今七事都更变，柴米油盐酱醋茶。"很能表达一般人在时空中流转的变化，从"书画琴棋诗酒花"到"柴米油盐酱醋茶"，人的心灵必然是经过了一番极大的动荡与革命，只是凡人常不自觉自省，任庸俗转动罢了。

其实，有伟大怀抱的人物也未能免俗，梁启超有一首《水调歌头》我特别喜欢，其后半阕是："千金剑，万言策，两蹉跎。醉中呵壁自语，醒后一滂沱。不恨年华去也，只恐少年心事，强半为销磨。愿替众生病，稽首礼礼维摩。"我自己的心境很接近梁任公的这首词，人生的际遇不怕年华老去，怕的是少年心事的"销磨"，到最后只有"醒后一滂沱"了。

在人生道路上，大部分有为的青年，都想为社会、为世界、为人类"奉茶"，只可惜到后来大半的人都回到自己家里喝老人茶了。还有一些人，连喝老人茶自遣都没有兴致了，到中年还能有奉茶的心，是非常难得的。

有人问我，这个社会最缺的是什么东西？

我认为最缺的是两种，一是"从容"，一是"有情"。这两种品质是大国民的品质，但是由于我们缺少"从容"，因此很难见到步履雍容、识见高远的人；因为缺少"有情"，则很难看见乾坤朗朗、情趣盎然的人。

社会学家把社会分为青年社会、中年社会、老年社会，青年社会有的是"热情"，老年社会有的是"从容"。我们正好是中年社会，有的是"务实"，务实不是不好，但若没有从容的生活态度与有情的怀抱，务实到最后正好是柴米油盐酱醋茶，牺牲了书画琴棋诗酒花。一个彻底务实的人正是死了一半的俗人，一个只知道名利实务的社会，则是僵化的庸俗社会。

在《大珠禅师语录》里记载了禅师与一位讲华严经座主的对话，可以让我们看见有情从容的心是多么重要。

座主问大珠慧海禅师："禅师信无情是佛否？"

大珠回答说："不信。若无情是佛者，活人应不如死人；死驴死狗，亦应胜于活人。经云：佛身者，即法身也，从戒定慧生，从三明六通生，从一切善法生。若说无情是佛者，大德如今便死，应作佛去。"

这说明禅的心是有情，而不是无知无感的，用到我们实际的人生也是如此，一个有情的人虽不能如无情者用那么多的时间来经营实利（因为情感是要付出时间的），可是一个人如果随着冷漠的环境而使自己的心也沉滞，则绝对不是人生之福。

人生的幸福在很多时候是得自于看起来无甚意义的事，例如某些对情爱与知友的缅怀，例如有人突然给了我们一杯清茶，例如在小路上突然听见冰果店里传来一段喜欢的乐曲，例如在书上读到了一首动人的诗歌，例如偶然听见桑间濮上的老妇说了一段充满启示的话语，例如偶然看见一朵酢浆花的开放……总的说来，人生的幸福来自于自我心扉的突然洞开，有如在阴云中突然阳光显露、彩虹当空，这些看来平淡无奇的东西，是在一株草中看见了琼楼玉宇，是由于心中有一座有情的宝殿。

"心扉的突然洞开"，是来自于从容，来自于有情。

生命的整个过程是连续而没有断灭的，因而年纪的增长等于是生活资料的累积，到了中年的人，往往生活就纠结成一团乱麻了，许多人畏惧这样的乱麻，就拿黄金酒色来压制，企图用物质的追求来麻醉精神的僵滞，以至于心灵的安宁和融都展现成为物质的累积。

其实，可以不必如此，如果能有较从容的心情，较有情的胸襟，则能把乱麻的线路抽出、理清，看清我们是如何地失落了青年时代理想的追求，看清我们是在什么动机里开始物质权位的奔逐，然后想一想：什么是我要的幸福呢？我最初所想望的幸福是什么？我的波动的心为何不再震荡了呢？我是怎么样落入现在这个古井呢？

我时常想起童年时代，那时社会普遍贫穷，可是，大部分人都有丰富的人情，人与人之间充满了关怀，人情义理也不曾被贫苦生活昧却，乡间小路的"奉茶"正是人情义理最好的象征。记得我的父亲常挂在嘴上的一句话是："人活着，要像个人。"当时我不懂这句话的含义，现在才算比较了解其中的玄机。人即使生活条件只能像动物那样，人也不应该活得如动物失去人的有情、从容、温柔与尊严，在中国历代的忧患悲苦之中，中国人之所以没有失去本质，实在是来自这个简单的意念："人活着，要像个人！"

人的贫穷不是来自生活的困顿，而是来自在贫穷生活中失去人的尊严；人的富有也不是来自财富的累积，而是来自在富裕生活里不失去人的有情。人的富有实则是人心灵中某些高贵物质的展现。

家家都有明月清风，失去了清风明月才是最可悲的！

喝过了热呼呼的"奉茶"，我信步走入林间，看到落叶层缝中有许多美丽的褐色叶片，拾起来一看，原来是褐蝶的双翼因死亡而落失在叶中，看到蝴蝶的翼片与落叶交杂，感觉到蝴蝶结束了一季的生命其实与树叶无异，尘归尘、土归土，有一天都要在世界里随风逝去。

人的身体与蝴蝶的双翼又有什么两样呢？如果活着的时候不能自由飞翔，展现这片赤诚的身心，让我们成为宇宙众生迈向幸福的阶梯，反而成为庸俗人类物质化的踏板，则人生就失去其意义，空到人间走一回了！

下山的时候，我想，让我恒久保有对人间有情的胸怀，以及一直保持对生活从容的步履；让我永远做一个为众生奉茶供水，在热恼中得到清凉的人。

3. 冰糖芋泥

每到冬寒时节，我时常想起幼年时候，坐在老家西厢房里，一家人围着大灶，吃母亲做的冰糖芋泥。事隔二十几年，每回想起，齿颊还会涌起一片甘香。

有时候没事，读书到深夜，我也会学着妈妈的方法，熬一碗冰糖芋泥，温暖犹在，但味道已大不如前了。我想，冰糖芋泥对我，不只是一种食物，而是一种感觉，是冬夜里的暖意。

成长在台湾光复后几年的孩子，对番薯和芋头这两种食物，相信记忆都非常深刻。早年在乡下，白米饭对我们来讲是一种奢想，三餐时，饭锅里的米饭和番薯永远是不成比例的，有时早上喝到一碗未掺番薯的白粥，就会高兴半天。

生活在那种景况中的孩子只有自求多福，但最难为的恐怕是妈妈，因为她时刻都在想如何为那简单贫乏的食物设计一些新的花样，让我们不感到厌倦，并增加我们的生活趣味。我至今最怀念的是母

我成长的环境是艰困的，因为有母亲的爱，那艰困竟都化成甜美，
母亲的爱就表达在那些看起来微不足道的食物里面。

亲费尽心机在食物上所创造的匠心和巧意。

打从我刚学会走路的时候，就经常在午后的空闲里，随着母亲到田中采摘野菜，她能分辨出什么野菜可以食用，且加以最可口的配方。譬如有一道菜叫"乌莘菜"的，母亲采下那最嫩的芽，用太白粉烧汤，那又浓又香的汤汁我到今天还不敢稍稍忘记。

即使是番薯的叶子，摘回来后剥皮去丝，不管是火炒，还是清煮，都有特别的翠意。

如果遇到雨后，母亲就拿把铲子和竹篮，到竹林中去挖掘那些刚要冒出头来的竹笋，竹林中阴湿的地方常生长着一种可食用的蕈类，是银灰而带点褐色的。母亲称为"鸡肉丝菇"，炒起来的味道真是如同鸡肉丝一样。

就是乡间随意生长的青凤梨，母亲都有办法变出几道不同的菜式。

母亲是那种做菜时常常有灵感的人，可是遇到我们几乎天天都要食用，等于是主食的番薯和芋头则不免头痛。将番薯和芋头加在米饭里蒸煮是很容易的，可是如果天天吃着这样的食物，恐怕脾气再好的孩子都要哭丧着脸。

在我们家，番薯和芋头都是长年不缺的，番薯种在离溪河不远处的沙地，纵在最困苦的年代，也会繁茂地生长，取之不尽，食之不绝，芋头则种在田野沟渠的旁边，果实硕大坚硬，也是四季不缺。

我常看到母亲对着用整布袋装回来的番薯和芋头发愁，然后她开始在发愁中创造，企图用最平凡的食物，来做最不平凡的菜肴，让我们整天吃这两种东西不感到烦腻。

母亲当然把最好的部分留下来掺在饭里，其他的，她则小心翼翼地将之切成薄片，用糖、面粉，和我们自己生产的鸡蛋打成糊状，薄片沾着粉糊下到油锅里炸，到呈金黄色的时刻捞起，然后用一个大的铁罐盛装，就成为我们日常食用的饼干。由于母亲故意宝爱着那些饼干，我们吃的时候是用分配的，所以就觉得格外好吃。

即使是番薯有那么多，母亲也不准我们随便取用，她常谈起日据时代空袭的一段岁月，说番薯也和米饭一样重要。那时我们家还用烧木柴的大灶，下面是排气孔，烧剩的火灰落到气孔中还有温热，我们最喜欢把小的红心番薯放在孔中让火烬焖熟，剥开来真是香气扑鼻。母亲不许我们这样做，只有得到奖赏的孩子才有那种特权。

记得我每次考了第一名，或拿奖状回家时，母亲就特准我在灶下焖两个红心番薯以作为奖励；我以灶里探出焖熟的番薯，心中那种荣耀的感觉，真不亚于在学校的讲台上领奖状，番薯吃起来也就特别有味。我们家是个大家庭，我有十四个堂兄弟、四个堂姊，伯父母都是早年去世，由母亲主理家政，到今天，我们都还记得领到两个红心番薯是一个多么隆重的奖品。

番薯不只用来做饭、做饼、做奖品，还能与东坡肉同卤，还能清蒸，母亲总是每隔几日就变一种花样。夏夜里，我们做完功课，最期待的点心是，母亲把番薯切成一寸见方，和凤梨一起煮成的甜汤；酸甜兼俱，颇可以象征我们当日的生活。

芋头的地位似乎不像番薯那么重要，但是母亲的一道芋梗做成的菜肴，几乎无以形容。有一回我在台北天津街吃到一道红烧茄子，险些落下泪来，因为这道北方的菜肴，它的味道竟和二十几年前南方贫苦的乡下，母亲做的芋梗极其相似。本来挖了芋头，梗和叶都要丢弃的，母亲却不舍，于是芋梗做了盘中餐，芋叶则用来给我们上学做饭包。

芋头孤傲的脾气和它流露的强烈气味是一样的，它充满了敏感，几乎和别的食物无法相容。削芋头的时候要戴手套，因为它会让皮肤麻痒，它的这种坏脾气使它不能取代番薯，永远是个二副，当不了船长。

我们在过年过节时，能吃到丰盛的晚餐，其中不可少的一样是芋头排骨汤，我想全天下，没有比芋头和排骨更好的配合了，唯一能相提并论的是莲藕排骨，但一浓一淡，风味各殊，人在贫苦的时候，大多是更喜爱浓烈的味道。母亲在红烧鲢鱼头时，炖烂的芋头和鱼头相得益彰，恐怕也是天下无双。

最不能忘记的是我们在冬夜里吃冰糖芋泥的经验，母亲把煮熟的芋头捣烂，和着冰糖同熬，熬成几近晶蓝的颜色，放在大灶上。就等着我们做完功课，给检查过以后，可以自己到灶上舀一碗热腾腾的芋泥，围在灶边吃。每当知道母亲做了冰糖芋泥，我们一回家便赶着做功课，期待着灶上的一碗点心。

冰糖芋泥只能慢慢地品尝，就是在最冷的冬夜，它也每一口都是滚烫的。我们一大群兄弟姊妹站立着围在灶边，细细享受母亲精制的芋泥，嬉嬉闹闹，吃完后才满足地回房就寝。

二十几年时光的流转，兄弟姊妹都因成长而星散了，连老家都因盖了新屋而消失无踪，有时候想在大灶边吃一碗冰糖芋泥都已成了奢想。天天吃白米饭，使我想起那段用番薯和芋头堆积起来的成长岁月，想吃去年腌制的萝卜干吗？想听雨后的油焖笋尖吗？想吃灰烬里的红心番薯吗？想吃冬夜里的冰糖芋泥吗？有时想得不得了，心中徒增一片惆怅，即使真能再制，即使母亲还同样的刻苦，味道总是不如从前了。

我成长的环境是艰困的，因为有母亲的爱，那艰困竟都化成甜美，母亲的爱就表达在那些看起来微不足道的食物里面；一碗冰糖芋泥其实没有什么，但即使看不到芋头，吃在口中，可以简单地分辨出那不是别的东西，而是一种无私的爱，无私的爱在困苦中是最坚强的。它纵然研磨成泥，但每一口都是滚烫的，是甜美的，在我们最初的血管里奔流。

在寒流来袭的台北灯下，我时常想到，如果幼年时代没有吃过母亲的冰糖芋泥，那么我的童年记忆就完全失色了。

我如今能保持乡下孩子恬淡的本性，常能在面对一袋袋知识的番薯和芋头，知所取舍变化，创造出最好的样式，在烦闷发愁时不失去向前的信心，我确信和我童年的生活有着密切的关系。因为母亲的影子在我心里最深刻的角落，永远推动着我。

4. 我似昔人，不是昔人

1

憨山大师有一年冬天读《肇论》，对里面僧肇大师谈到的"旋岚偃岳而常静，江河竞注而不流"感到十分疑惑，心思罔然。

又读到书里的一段：有一位梵志从幼年出家，一直到白发苍苍才回到家乡，邻居问梵志说："昔人犹在耶？"梵志说："吾似昔人，非昔人也。"憨山豁然了悟，说："信乎！诸法本无去来也！"

然后，他走下禅床礼佛，悟到无起动之相，揭开竹帘，站立在台阶上，忽然看到大风吹动庭院里的树，飞叶满空，却了无动相，他感慨地说："这就是旋岚偃岳而常静呀！"又看到河中流水，了无流相，说："此江河竞注而不流呀！"于是，去来生死的疑惑，从这时候起完全像冰雪融化一样，随手作了一首偈：

死生昼夜，水流花谢。

今日乃知，鼻孔向下。

2

我每一次想到憨山大师传记里的这一段，都会油然地感动不已，它似乎在冥冥中解释了时空岁月的答案。

表面上看，山上的旋岚、飘叶、云飞，是非常热闹的，但是山的本身却是那么安静——河中的水奔流不停，但是河的本质并没有什么改变。人的生死，宇宙的昼夜，水的奔流，花果的飘零，都像是这样，是自然的进程罢了。

这就是为什么梵志白发回乡，对邻居说："我像是从前的梵志，却已经不是以前的梵志了。"

岁月在我们的身上，毫不留情地写下刻痕，在每一次揽镜自照的时候，都会慨然发现，我们的脸容苍老了，我们的白发增生了，我们的身材改变了，于是，不免要自问："这是我吗？"

这就是从前那一位才华洋溢、青春飞扬、对人世与未来充满热切追求的我吗？

这是我，因为每一步改变的历程，我都如实地经验，还记得自己的十岁、二十岁、三十岁，一步一步的变迁。

这也不是我，因为不论在外貌、思想、语言都已经完全改变了。如果遇到三十年前的旧友，他可能完全不认得我，或许，我如果在

但愿所有的朋友，也能一起前行，在生命的流逝、
在因缘的变换中，都能无畏，做不受惑的人。

街上遇见十岁时的自己，也会茫然地错身而过。

时空与我，在生命的历程上起着无限的变化，使我感到惘然。

那关于我的，到底是我吗？不是我吗？

3

有一次返乡，在我就读过的旗山小学大礼堂演讲，我的两个母校，旗山小学、旗山初中都派了学生来献花，说我是杰出的校友。

演讲完后，遇到了我的一些小学中学的老师，简直不敢与他们相认，因为他们都老得不是原来的样子，当时我就想，他们一定也有同样的感慨吧！没想到从前那个从来不穿鞋上学的毛孩子，现在已经步入中年了。

一位二十年没见的小学同学来看我，紧紧握着我的手说："二十年没见，想不到你变得这么老了！"——他讲的是实话，我们是两面镜子，他看见我的老去，我也看到了他的白发，其中最荒谬的是，我们都确信眼前这完全改变的同学，是"昔日人"，也自信自己还是从前的我。

一位小学老师说："没想到你变得这么会演讲呢！"

我想到，小时候我就很会演讲，只是国语不标准，因此永远没有机会站上讲台，不断挫折与压抑的结果，使我变得忧郁，每次上台说话就自卑得不得了，甚至脸红心跳说不出话来。

连我自己都不能想象，二十几年之后，我每年要做一百多次的大型演讲，当然，我的老师更不能想象的。

我不只是外貌彻底地改变了，性格、思想也不再是从前的自己。

但是，属于童年的我，却是旋岚偃岳、江河竞注，那样清晰、充满了动感。

4

今年过年的时候，在家里一张被弃置多年的书桌里，找到了我在童年、少年时代的一些照片，黑白的、泛着岁月的黄渍。

我坐在书桌前专注地寻索着那些早已在岁月之流中逝去的自己，瘦小、苍白，常常仰天看着远方。

那时在乡下的我们，一面在学校读书，一面帮忙家里的农事，对未来都有着茫然之感，只知道长大一定要到远方去奋斗，渴望有衣锦还乡的一天。

有一张照片后面，我写着：

男儿立志出乡关，
毕业无成誓不还。

那是初中三年级，后来我到台南读高中，大学考了好几次，有一段时间甚至灰心丧志，觉得天下之大，竟没有自己容身的地方。想到自己十五岁就离家了，少年迷茫，不知何往。

还有一张是高中一年级的，背后竟早熟地写着：

我是谁？

我从哪里来？

要往哪里去？

在人群里，谁认识我呢？

我看着那些照片，试图回到当时的情境，但情境已渺，不复可追。如果我不写说明，拿给不认识从前的我的朋友看，他们一定不能在人群里认出我来。

坐在地板上看那些照片，竟看到黄昏了，直到母亲跑上来说："你在干什么呢？叫好几次吃晚饭，都没听见。"我说在看从前的照片。

"看从前的照片就会饱了吗？"母亲说，"快！下来吃晚饭。"

我醒过来，顺随母亲下楼吃晚饭，母亲说得对，这一顿晚饭比从前的照片重要得多。

5

这二十年来，我写了五十几本书，由于工作忙碌，很少回乡，哥哥姊姊竟都是在书里与我相见。

有一次，姊姊和我讨论书中的情节，说："你真的经历这些事吗？"

"是的。"我说。

"真想不到，我的同事都问我，你写的那些是不是真的，我说我也不知道呀！因为我的弟弟十五岁就离家了。"

有时候，我出国也没有通知家里的人。那时在《中国时报》当主编，时常到国外去出差，几乎走遍了半个地球。亲戚朋友偶尔会问：

"这写埃及的，是真的吗？""这写意大利的，是真的吗？"

我的脸上并没有写过我到过的国家，我的眼里也无法映现生命那些私密经验的历程，因此，到后来连我自己也会问自己："这些都是真的吗？"如果是假的，为什么如此真实？如果是真的，现在又在何处呢？生命的经验没有一段是真的，也没有一段是假的，回想起来，真的是如梦如幻，假的又是刻骨铭心，在走过了以后，真假只是一种认定呀！

6

有时候，不肯承认自己四十岁了，但现在的辈分又使我尴尬。

早就有人叫我"叔公""舅公""姨丈公""姑丈公"了，一到做了公字辈，不认老也不行。

我是怎么突然就到了四十岁呢？

不是突然！生命的成长虽然有阶段性，每天却都是相连的，去日、今日与来日，是在喝茶、吃饭、睡觉之间流逝的，在流逝的时候并不特别警觉，但是每一个五年、十年就仿佛是河流特别湍急，不免有所醒觉。

看着两岸的人、风景，如同无声的黑白默片，一格一格地显影、定影，终至灰白、消失。

无常之感在这时就格外惊心，缘起缘灭在沉默中，有如响雷。

生命会不会再有一个四十年呢？如果有，我能为下半段的生命奉献什么？

由于流逝的岁月，似我非我；未来的日子，也似我非我，只有善待每一个今朝，尽其在我的珍惜每一个因缘，并且深化、转化、净化自己的生命。

7

憨山大师觉悟到"旋岚偃岳而常静，江河竞注而不流"的时候，是二十九岁。想来惭愧，二十九岁的时候我在报馆里当主笔，旋岚乱动，江河散流，竟完全没有过觉悟的念头。

现在懂了一点点佛法、体验一些些无常、观照一丝丝缘起，才知道要做一个不受人惑的人是多么艰难。幸好，选到了一双叫"菩萨道"的鞋子，对路上的荆棘、坑洞，也能坦然微笑地迈步了。

记得胡适先生在四十岁时，曾在照片上自题"做了过河卒子，只好拼命向前"，我把它改动一下"看见彼岸消息，继续拼命向前"，来作为自己四十岁的自勉。

但愿所有的朋友，也能一起前行，在生命的流逝、在因缘的变换中，都能无畏，做不受惑的人。

5. 遥远的自己

青蛙与麻雀在河边争论

该如何才能唱美丽的歌

山林里突然传来云雀的歌唱

河岸随即一片默然

树上的枫叶正在吵嚷

谁应该在下一阵风飘落

天边突然吹来强烈的风

纷纷飘落的叶子还没有结论

诗人偶遇百合花

问起：是根是叶是花

哪一个是开放的本体

一直到百合凋谢，诗人白发

诗人为自己刻一墓志铭：

"是一朵百合是一朵百合是一朵百合呀！"

弘一大师圆寂之后，许多研究他的学者发现，弘一大师的笔名、别号总共有两百三十五个，这是已知的，未知的、未找到的还不算在内。

幸好，弘一的诗文、书画独具一格，寻找起来不会太困难；署什么笔名、别号似乎也无关紧要。

我比较有兴趣的是：为什么弘一要使用那么多的名字？哪一个才是弘一大师自己最喜欢的？或者说，哪一个才是自己呢？

这使我想起一个笑话：有一天，有人举办了一个鹦鹉演讲比赛。鹦鹉一一上场，只只都是能言善道、口若悬河，实在难分高下。

最后一只鹦鹉上场，它只说了一句话："呀！这么多的鹦鹉呀！"鞠躬而退。

那说了一句话的鹦鹉，得了冠军。

原因很简单，所有的鹦鹉都是学人说话，只有那只鹦鹉说了自己的话。

弘一大师用那么多的名字行世，是知道世上并没有一个真正叫作"自己"的东西！我们只是在某一个时空中扮演自己罢了！既自称为"晚晴老人"，第二天又叫自己"晨晖老人"。前一段时间自言

当我知道每一个我、每一个自己都是稍纵即逝，下一个自己是全新的。

是"无住"，后一段时间又自道为"深心"。对一个学生自称"息翁"，对另一个学生又自称"不息"。有时"雪翁"，有时"焰慧"，冷热是多么不同！

在数百个自己中穿梭来去，圆寂时，弘一大师以一句"悲欣交集"作为总结。

我时常在静思时，想起弘一大师的角色扮演，自问道："在这偶然时空的交会中，哪一个才是必然的自己呢？"

其实，自己，既没有必然性，也没有绝对性，更没有固定性。

不要说童年的自己和中年的自己完全不同。

昨天的自己和今天的自己也不相同。

甚至，上一刻的自己和下一刻的自己，也已不同。

"真实的自己"是在遥远的地方，并没有真正的实体。

"自己"在时空中不断地蜕变，读完一本书和未读一本书的自己是不同的；懂得爱和不懂爱的自己是不同的；心眼已开和心眼未开的自己又是不同。

当我说到"自己"，是一个不能完全确立的指陈，正如搭弓拔箭欲射，却没有一个确切的目标。

每一个向四面八方展示的自己，都是戴着面具。正如古代的兰陵王作战，每天戴着不同的面具，到最后，没有人认识真正的国王；而国王如果不戴面具，也不敢上战场了。

若有八万四千人认识我，知道我的名姓，也只是看见了一个个的面具。

因为，真实的我，永在改变中。

我畏惧这种"自己的不确定性"，因为我畏惧"今日之我"不能比"昨日之我"更有智慧、更懂得爱、更认识生命的美好。

我感恩这种"自己的不确定性"，这使得从前一切的过错还能修正，所有缺憾都能弥补，未来充满了无限的可能。

当我知道每一天、每一刻、每一个元素、每一个念头都会改变"自己"。

当我知道每一个我、每一个自己都是稍纵即逝，下一个自己是全新的。——这想法，使我充满了启示，总使我有更深沉的感激、更非凡的勇气，去建造未来的自己。

改变是可能的！

开悟是可能的！

从此时此地，走向康庄大道是可能的！

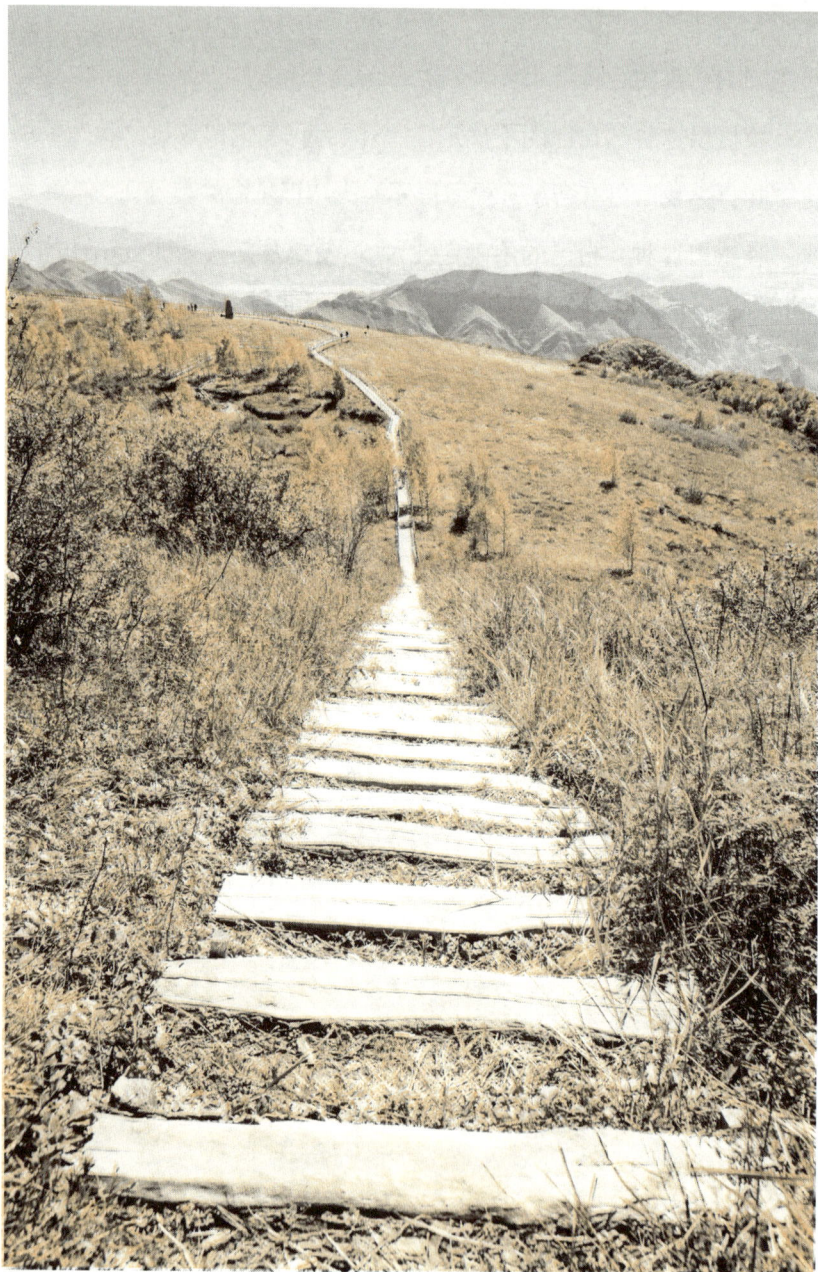

人生的最大意义不在奔赴某一处目的，而是在承担每个过程。

6. 一心一境

小时候我时常寄宿在外祖母家，有许多表兄弟姐妹，每次相约饭后要一起去玩，吃饭时就不能安心，总是胡乱地扒到嘴里咽下，心里尽想着玩乐。

这时，外祖母就会用她的拐杖敲我们的头说："你们吃那么快，要去赴死吗？"

这句话令我一时呆住了，然后她就会慢条斯理地说："吃那么紧，怎会知道一碗饭的滋味呀！"当时深记着外祖母的话，从此，吃饭便十分专心，总是好好吃了饭再出去玩。

从前不觉得这两句话有什么了不起的地方，长大以后，年岁日长愈感觉这两句寻常的话有至理在焉，这不正是禅宗祖师所说的"吃饭时吃饭，睡觉时睡觉"那种活在当下的精神吗？

"活在当下"看来是寻常言语，实际上是一种极为勇迈的精神，是把"过去"与"未来"做一截断，使心思处在一心一境的状态，就没有什么困难能牵住他，也没有什么痛苦能动摇他了。

一心一境是治疗人生的波动、不安、痛苦、散乱最有效也最简易的方法，因为人的乐受与苦受虽是感觉真实，却是一种空相，若能安住于每一个当下，苦受就不那么苦，乐受也没有那么乐了。可惜的是，人往往是一心好几境（怀忧过去，恐慌未来），或一境生起好几种心（信念犹如江河，波动不止），久而久之，就被感受所欺瞒，不能超越了。

不能活在一心一境之中，那是由于世人往往重视结局，而不重视过程，很少人体验到一切的过程乃是与结局联结的。一个人如果不能在吃饭时品味米饭的香甜时，又何以能深刻地品味人生呢？一个人若不能深入一碗饭，不知蓬莱米、在来米，甚至糯米的不同，又如何能在生命的苦乐中有更深切的认识？

因此吃饭、睡觉、喝茶，看来是人生小事，却能由一心一境在平凡中见出不凡，也就能以实践的态度契入生活，而得到自在。

曾经有人问一位禅师："什么是解脱痛苦最好的法门？"

禅师说："在痛苦时就承受痛苦，在该死的时候就坦然地死，这便是解脱痛苦最好的法门。"

痛苦或死亡是人人所不愿见到或遇到的，但若不能深刻品味痛苦，何尝能找到平安喜乐的滋味？若不能对死亡有所领会，又如何能珍惜活着的时候呢？

又有一位禅师问门人说："寒热来时往何处去？"

门人说："向无寒处去！"

禅师说："冷时冻死你，热时热死你！"

这世界并没有一个无寒暑的地方可以逃避生之恼，因此最好的方法是水里来、火里去，不避于寒热，寒热自然就莫可奈何了！这也是一心一境。时人的苦恼就是寒冷的时候怀念暑天，到了真正热的时节，又觉得能冷一些就好了。晴天的时候想着雨景之美，雨季来临时，又抱怨没有好的天色，因此，生命的真味就被蹉跎了。

一心一境是活在每一个眼前的时节，是承担正在遭受的变化不定的人生，那就像拿着铁锤吃核桃，核桃应声而裂，人生的核桃或有乏味之时，或有外面美好、内部朽坏的，但在每一个下锤的时节都能怀抱美好的期待。

当然，人的生命历程如果能像苏东坡所说的："无事以当贵，早寝以当富，安步以当车，晚食以当肉。"那是最好的情况。可惜在现代社会里几乎没有无事、早寝、安步、晚食的人了。因此如何学习以"一心一境"的态度生活，就变得益发可贵。

苏东坡在《春渚纪闻》里还说："处贫贱易，处富贵难。安劳苦易，安闲散难。忍痛易，忍痒难。人能安闲散，耐富贵，忍痒，真有道之士也。"这是苏东坡的至理名言，但我的看法有些不同，我觉得要处贫贱、安劳苦、忍痛苦都是一样难的，唯有一心一境的人，能贫富、劳闲、痛痒，皆一体观之，这才是真正的"有道"。

活在每一个过程，这是真正的解脱，也是真正的自在，"吃饭时吃饭，睡觉时睡觉"的禅语也可以说："痛苦时痛苦，快乐时快乐。"这使我想起元晓大师说的话，他说："纵使尽一切努力，也无法阻止一朵花的凋谢。因此在花凋谢时好好欣赏它的凋谢吧！"

人生的最大意义不在奔赴某一处目的，而是在承担每个过程。有一次在报纸上看到汽车广告说："从零加速到一百公里，只要六秒钟！"这广告使我想起外祖母的话："你驶那么紧，要去赴死呀！"

活在苦中，活在乐里；活在盛放，也活在凋谢；活在烦恼，也活在智慧；活在不安，也活在止息。这是面对苦难的生命最好的方法。

7．常想一二

朋友买来纸笔砚台，请我题几个字让他挂在新居客厅补壁。

这使我感到有些为难，因为我自知字写得不好看，何况已经有很多年没写书法了。

朋友说："怕什么？挂你的字我感到很光荣，我都不怕了，你怕什么？"

我便在朋友面前展纸、磨墨，写了四个字："常想一二"。

朋友说："这是什么意思？"

我说："意思是说我字写得不好，你看到这幅字，请多多包涵，多想一二件我的好处，就原谅我了。"

看到我玩笑的态度，朋友说："讲正经的，到底是什么意思？"

"俗语说：'人生不如意事十常八九'，我们生命里面不如意的事占了绝大部分，因此，活着本身是痛苦的。但扣除八九成的不如意，至少还有一二成是如意的、快乐的、欣慰的事情，我们如果要过快

"如意"或"不如意"，并不是决定于人生的际遇，而是取决于思想的瞬间。

乐人生，就要常想那一二成好事，这样就会感到庆幸、懂得珍惜，不致被八九成的不如意所打倒了。"

朋友听了，非常欢喜，抱着"常想一二"回家了。

几个月之后，他来探视我，又来向我求字，说是："每天在办公室里劳累受气，一回家之后看见那幅'常想一二'就很开心，但是墙壁太大，字显得太小，你再写几个字吧！"

对于好朋友，我一向有求必应，于是为"常想一二"写了下联："不思八九"，上面又写了"如意"的横批，中间随手画一幅写意的莲花。

没想到又过几个月，我再婚的消息披露报端，引来许多离奇的传说与流言的困扰，朋友有一天打电话来，说他正坐在客厅我写的字前面，他说："想不出什么话来安慰你，念你自己写的字给你听：常想一二，不思八九，事事如意。"

接到朋友的电话我很感动，我常觉得在别人的喜庆锦上添花容易，在别人的苦难里雪中送炭却很困难，那种比例，大约也是"八九"与"一二"之比。不能雪中送炭的不是真朋友，当然更甭说那些落井下石的人了。

不过，一个人到了四十岁后，在生活中大概都锻炼出"宠辱不惊"的本事，也不会在乎锦上添花、雪中送炭或落井下石了。那是因为我们早已经历过生命的痛苦与挫折，也经验过许多情感的相逢与离散，慢慢地寻索出生命中积极的、快乐的、正向的观想，这种观想，正是"常想一二"的观想。

"常想一二"的观想，乃在重重乌云中寻觅一丝黎明的曙光，乃是在滚滚红尘中开启一些宁静的消息，乃是在濒临窒息时，有一次深长的呼吸。

生命已经够苦了，如果我们把几年的不如意事总合起来，一定会使我们举步维艰。生活与感情陷入苦境，有时是无可奈何的，但是如果连思想和心情都陷入苦境，那就是自讨苦吃，苦上加苦了。

在波涛汹涌的海上航行，我早已学会面对苦境的方法。我总是想：从前的万般折磨我都能苦中作乐，眼下的些许苦难自然能逆来顺受了。

我从小喜欢阅读大人物的传记和回忆录，慢慢归纳出一个公式：凡是大人物都是受苦受难的，他们的生命几乎就是"人生不如意事十之八九"的真实证言，但他们在面对苦难时也都能保持正向的思考，能"常想一二"，最后他们超越苦难，苦难便化成生命中最肥沃的养料，是为了他们开启莲花而做准备的。

使我深受感动的不是他们的苦难，因为苦难到处都有，使我感动的是：他们面对苦难时的坚持、乐观与勇气。

原来，"如意"或"不如意"，并不是决定于人生的际遇，而是取决于思想的瞬间。

原来，决定生命品质，塑造人生境界的，不是"八九"，而是"一二"。

原来，苦难对陷入其中的人是以数量计算，对超越的人却变成质量。数量会累积，质量会活化。

既然生命的苦乐都只是过程，我们何必放弃自我的思想去迎合每一个过程呢？

所以，静下心来想到从前的时候，要常常想那些美好的时光，追忆那些鎏金的岁月与花样的年华，以抚平我们内心的忧伤。

静下心来想到未来的时候，要常常思维未来的美丽梦想，在彼岸、在黄金铺地的国土，到处都有美丽的花朵与动人的乐章；在走向净土的路上，有诸菩萨与上善人相伴相扶持，以安慰我们在俗世的苦痛。

在不思维过去与未来的时候，就快乐地活在当下，让每一个当下有情有义、发光发热、如诗如歌！

我常常想：达摩祖师渡江的"一苇"，不是芦苇，不是小舟，也不是什么神通，而是一个思想的象征。象征在人生的险海波涛中若能"用美思维""以好静心"，纵使只有一苇，也能无畏地航行了。

8. 一生一会

我喜欢茶道里关于"一生一会"的说法。

意思是说，我们每次与朋友对坐喝茶，都应该生起很深的珍惜。因为一生里能这样的喝茶可能只有这一回，一旦过了，就再也不可得了。

一生只有这一次聚会，一生只有这一次相会，使我们在喝茶的时候，会沉入一种疼惜与深刻，不至于错失那最美好的因缘。

生命虽然无常，但并不至于太短暂，与好朋友也可能会常常对坐喝茶，但是每一次的喝茶都是仅有的一次，每一日相会都和过去、未来的任何一次不同。

"有时，人的一生只为了某一个特别的相会。"这是我喜欢写了送给朋友的句子。

与喜欢的人相会，总是这样短暂，可是为了这短暂的相会，我们已经走过人生的漫漫长途，遭受过数不清的雪雨风霜，好不容易，熬到在这样的寒夜里，和知心的朋友，深情相会。仔细地思索起来，从前那走过的路途，不都是为了这短短的数小时作准备吗？

这深情的一会，是从前四十年的总成。

这相会的一笑，是从前一切喜乐悲辛的大草原，开出的最美的花。

这至深的无言，是从前有意义或无意义的语言之河累积成的一朵洁白的波浪。

这眼前的一杯茶，请品尝，因为天地化育的茶树，就是为这一杯而孕生的呀！

我常常在和好朋友喝茶的时候，心里就有了无边的想象，然后我总是试图把朋友的脸容一一收入我记忆的宝盒，希望把他们的言语、眼神、微笑全部典藏起来，深怕在曲终人散之后，再也不会有相同的一会。

"一生一会"的说法是有点幽凄的，然而在幽凄中有深沉的美，使我们对每一杯茶、每一个朋友，都愿意以美与爱来相付托、相赠与、相珍惜。

不只喝茶是"一生一会"的事，在广大的时空中，在不可思议的因缘里，与有缘的人相会面，都是一生一会的。如果有了最深刻的珍惜，纵使会者必离，当门相送，也可以稍减遗憾了。

因此，茶道的"一生一会"说的不只是相会之难，而是说，若有了最深的珍重与祝福，就进入了道的境界。

9.无风絮自飞

　　在我们家乡有一句话，叫："菜瓜藤，肉豆须，分不清"，意思是丝瓜的藤蔓与肉豆的茎须一旦纠缠在一起，是无法分辨的。

　　因此，像兄弟分家的时候，夫妻离婚的时候，有许多细节部分是无法处理的，老一辈的人就会说："菜瓜藤与肉豆须，分不清呀！"还有，当一个人有很多亲戚朋友，社会关系异常复杂的时候，也可以用这一句。以及一个人在过程中纠缠不清，甚至看不清结局之际，也可以用这一句来形容。

　　住在都市的人很难理解到这九个字的奥妙，因为他们没有机会看到丝瓜与肉豆藤须缠绵的样子。乡下人谈到人事难以理清的真实情境，一提到这句话都会禁不住莞尔，因为丝瓜与肉豆在乡间是最平凡的植物，几乎家家都有种植。我幼年时代，院子的棚架下就种了许多丝瓜和肉豆，看到它们纠结错综，常常会令我惊异，真的是肉眼难辨，现在回想起来，感觉到现代人复杂难以理清的人际关系，确实像这两种植物藤蔓的纠缠，想找到丝瓜与肉豆的根与果是不难的，但要在生长的过程分辨就非常困难了。

有一次我发了笨心，想要彻底地分辨两者的不同，却把丝瓜和肉豆的茎叶都扯断了。父亲看见了觉得很好笑，就对我说："即使你能分辨这两株植物又有什么意义呢？你只要在它们的根部浇水施肥，好好地照顾让它们长大，等到丝瓜和肉豆长出来，摘下来吃就好了，丝瓜和肉豆都是种来食用的，不是种来分辨的呀！"

父亲的话给我很好的启示，在人生一切关系的对应上也是如此，一个人只要站稳脚跟，努力地向上生长，有时不免和别人纠缠，又有什么要紧呢？不忘失自己的立场与尊严，最后就会结出果实来，当果实结成的时刻，一切的纠缠就不重要了。

另外一个启示就是自然，万事万物都有其自然的法则，依循这自然的发展，常常回头看看自己的脚跟，才是生命成长正常的态度。种什么样的因会结出什么样的果，是必然的，丝瓜虽与肉豆无法分辨，但丝瓜是丝瓜，肉豆是肉豆，这是永远不会变的，我们能做的就是让丝瓜长出好的丝瓜，让肉豆结出肥硕的肉豆！

丝瓜是依自然之序而生长结果，红花是这样红的，绿叶也是这样绿的，没有人能断绝自然而超越地活在世界，此所以禅师说："不雨花犹落，无风絮自飞。"花与絮的飞落不必因为风雨，而是它已进入了生命的时序。

日本的道元禅师到中国习禅归国后，许多人问他学到了什么，他说："我已真正领悟到眼睛是横着长，鼻子是竖着长的道理，所以我空着手回来。"

听到的人无不大笑，但是立刻他们的笑声都冻结了，因为他们之中没有人知道为何鼻子直着长而眼睛横着长，这使我们知道，禅心就是自然之心，没有经过人生庄严的历练，是无法领会其中真谛的呀！

咸也好，淡也好

生命里的幸福是甜的，甜有甜的滋味
情爱中的离别是咸的，咸有咸的滋味
生活的平常是淡的，淡也有淡的滋味

1. 一个茶壶一个杯

故乡的体育场附近有一个老人聚居的"茶亭",终日都有老人在那里喝茶开讲。我回乡居住的时候,总是爱去那边闲坐,听听老人在生活中的智慧与品位。

由于茶亭少有年轻人去,我刚去的时候,老人有些惊疑,后来知道我是后发哥仔的后生,立刻就冰释了,还热情地说:"来,这是你老仔生前常坐的地方。"

我发现老人有一个非常明显的特质,就是有说不完的话。他们几乎可以终日聊天而话题不断,从国会打架讲到强奸杀人,从春耕播种说到西瓜落价,从杭州的天气真好扯到屏东某村落三十天前下冰雹……有时候对世事的知情与议论,一针见血的观点犹胜许多在电视上胡扯的知识分子。

有一天,一位阿伯仔突然听到别人说"西瓜好吃,可惜子多"的时候,他说:"现在的世事、现代的人情比西瓜的子还要复杂。"别的老人就问："你是怎样看待的？"

"这真简单，"老人自信满满地说，"从前的人一支雨伞可以用很多年，现在的人一年用很多支雨伞。从前的人一双皮鞋可以穿十几年，现在的人一年买很多双皮鞋；从前的人一个春天只做耕种一件事，现在的人一天做许多件事情，无闲得超过以前的一个春天……"

他说得其他老人无不点头表示同意。

他的议论犹未尽。老人的谈话有一特色，就是凡有议论都可以尽情发挥，别人不会随便插嘴。他又说："只要想想，这样的生活怎能不复杂？光是每天出门要穿哪双鞋、哪件衣服就要伤半天的脑筋了。我的孩子订了两份报，早上开门，厚厚的两本，信箱也塞不进去。你看，一天就发生这么多的事情，咱的一世人加起来，也没有那两本报纸厚。现在的人光是看报纸就浪费了多少时间，生命哪会得到清闲呢？"

"复杂也没有什么不好，表示现在的生活富裕了啊！"一个老人说。

阿伯说："复杂有什么好？复杂的人就没有单纯的心情，生活便不会踏实和朴素了。一日到晚就像苍蝇找糖膏，飞过来又飞过去，不知道忙的是什么……"

讲到这里，一个老人站起来给大家斟茶，阿伯突然大有所悟地说："对了，就像一个茶壶一个杯，这就是单纯的心情。我们如果只有一个茶壶一个杯，才不会计较喝的是什么茶。一斤一百元的茶枝，喝起来也真有滋味。假使是一个茶壶几个杯子也很好，因为大家喝的是同样的茶，没什么计较。现代人的生活就是好几个茶壶，倒在几十个杯子里，这就复杂了。大家总是想，别人的茶壶里不知道是什么茶，想喝一口看看，喝不到就用抢的。喝好茶的人也同样，想喝另外的那壶。久了以后，即使是坐在一起喝茶的人，心里也充满了怨恨和嫉妒，很少人得到平安。"

这一段说得好极了。老人们都沉默地喝着眼前的这一壶由老人提供的廉价茶叶，觉得滋味甚是美好。

阿伯意犹未尽地说："就像我们现在看黄昏的夕阳。一个夕阳，古代人和现代人看起来有同样的美，但是如果心情复杂，站在这山看那山高，夕阳永远没有最美的时刻。"

众人一听，都同时望向夕阳的方向，原来日头已经西斜。经老人一说，今天的夕阳看起来真是特别地美艳，余晖遍照大地。

"有一天，我的孙子问我：'阿公，你吃这么老了，世上什么东西最好吃？'我说：'饿最好吃'。他又问我：'阿公，什么是最好的心情？'我说：'单纯最好。'他又说：'阿公，幸福是什么？'我说：'平安是福。'"

聊到这里，应该是散会"阿公回家吃晚饭"的时候了，大家欢喜地站起来各自走路回家，相约明天再来开讲。我踩着夕阳流金一样的草地回家，想到老人说的"饿最好吃"，感到肚子真的有点饿了，妈妈煮的菜的芳香竟飘到了体育场两公里外的路上来了。

住在乡下的日子，真的感到单纯的心情是一种最美的心情，在城市生活的日子，我们每天总是在追求一些目标，生活的过程往往就在无意间流失了，加上我们的追求愈来愈复杂，使人人就像苍蝇一样飞来飞去。

我想到在幼年的时候住在外祖母的家，每次和表兄弟相约吃完饭后去玩，我们总是无心吃饭，胡乱扒一扒就要溜出去，外祖母就会拿拐杖敲我们的头，说：你吃那么紧，要去赴死吗？然后她说："你不慢慢吃，怎么知道我们台湾的米是多么的好吃？"

有一次我在报纸上看到了一则名牌跑车的广告：加速到一百公里，只要九秒钟。就思及外祖母的话："你驶那么紧？要去赴死吗？"

一个复杂的社会勾起了人们更复杂的欲望，复杂的欲望则是搅乱了单纯的心，使我们不知道能够坐下来谈天说地是生命的一种至美，使我们不知道踩着夕阳在小路上回家是生活中必要的历程，使我们忽略掉吃妈妈煮的稀饭酱瓜是比大饭店的山珍海味更值得珍惜的。

我想到有一回看到一位老人从脚上拔一根脚毛放到桌上，义正辞严地说："我们不能轻视自己的一根脚毛。"

众人愕愕。

他说："这根脚毛存在的条件，说来是很深奥的，先要有脚、有头、有活着的身体。然后要从小吃饭、穿衣、父母照顾，才能长出一根脚毛。然后，脚毛存在是因为我们存在，我们则有父母、无数的祖先。而且，祖先要个个穿衣、吃饭。米饭长大则要有地球的生机、太阳的培育与月亮的生息。你看，这小小的一根脚毛不是单独存在的啊！"

"我们如果不珍惜、赞叹、疼爱自己的一根脚毛，那就有负于天下了。"

看看，在有智慧的老人的眼里，一根脚毛就有了无限的天地，生命的历程就更不用说了。现代人不能维护单纯的心，是往往误以为复杂地飞来飞去能够追求更好的生活，殊不知，再复杂的事物也比不过一根脚毛呀！一切多变的云彩与彩虹，拨开了，背景就是一个湛蓝的天空。不知道单纯之好的人，就是从未看见过天空的人。

好好地饮眼前的这杯茶吧！细细地品味当下的这碗饭吧！生命没有第二个此刻了。让我们承担这个时刻，进入这个时刻。因为，饿最好吃，单纯最好，平安是福。

2. 忘情花的滋味

院子里的昙花突然间开了，一共十八朵，夜里，打开院子里的灯，坐在幽暗的室内望向窗外，乳白色的昙花在灯下有一种难言的姿色，每一朵都是一幅春天的风景。

昙花是不能近看的，它适合远观，近看的昙花只是昙花，一种炫目的美丽，远观的昙花就不同了，它像是池里的睡莲在夜间醒来，一步一步走到人们的前庭后院，而且这些挺立在池中的睡莲都一起爬到昙花枝上，弯下腰，吐露出白色的芬芳。

第二天清晨花全谢了，垂着低低的头，我和妻子商量着，用什么方法吃那些凋谢的昙花，我说，昙花炒猪肉是最鲜美的一道菜，是我小时候常吃的。妻子说，昙花属于涅槃科，是吃斋的，不能与猪肉同炒，应该熬冰糖，可以生津止咳，可以叫人宠辱皆忘。

后来我们把昙花熬了冰糖，在春天的夜里喝昙花茶特别有一种清香的滋味，喝进喉里，它的香气仿佛是来自天的远方，比起阳明山上白云山庄的兰花茶毫不逊色——如果兰花是王者之香，昙花就是禅者之香，充满了遥远、幽渺、神秘的气味。

果然，妻子说，昙花的另一个名字叫"忘情花"，忘情就是"寂焉不动情，若遗忘之者"，也就是晋书中说的"圣人忘情"。在缤纷灿烂的花世界里，"忘情花"不知是哪一位高人的命名，它为昙花的一生下了一个注解，昙花好像是一个隐者按，举世滔滔中，昙花固守了自己的情，将一生的精华在一夜间吐放，它美得那么鲜明，那么短暂，因为鲜明，所以动人。因为短暂，才叫人难忘。当它死了之后，我们喝着用它煎熬成的昙花茶时，在昙花，它是忘情了，对我们，却把昙花遗忘的情喝进腹中，在腹中慢慢地酝酿。

由于喝昙花茶，使我想起童年时代吃昙花的几种滋味。

小时候，家后院种了一片昙花，因为妈妈是爱看昙花的，而爸爸，却是爱吃昙花的。据爸爸说，最好吃的昙花是在它盛开的时候，又香又脆，可是妈妈不许，她不准任何人在昙花盛放时吃昙花，因此春天昙花开成一片白的时候，我们也只好在旁边坐守，看它仰起的头垂下才敢吃它。

爸爸吃昙花有好几种方法，第一种方法"昙花炒猪肉"，把切成细丝的昙花和肉丝丢进锅中，烈火一炒，就是一道令人垂涎的好菜，这一道菜里昙花的滋味像是雨后笋园中冒出来的香芹，滑润、轻淡，入口即不能忘。

第二种方法是："昙花炖鸡"，将整朵的昙花一一洗净和鸡块同炖，放一点姜丝，这一道菜昙花的滋味有一点像香菇，汤是清的，捞起来的昙花还像活的一般。

第三种方法是："炸昙花饼"，用糖、面粉和鸡蛋打匀，把昙花沾满，放到油锅中炸到金黄色即可食，这一道菜昙花的滋味香脆达于极致，任何饼都无法比拟。

我们的童年在爸爸调教下，几乎每个兄弟都是"食花的怪客"，我们吃过的还不只是昙花，也吃过朱槿花、栀子花、银莲花、红睡莲、野姜花和百合花，我们还吃过寒芒花的嫩芽、鸡冠花的叶、满天星的茎，以及水笔仔的幼根，每种花都有不同的滋味。那时候年纪小不知道怜香惜玉这一套，如今想起那些花魂，心中总是有一种罪过的感觉。

食花真是有罪的吗？食了昙花真能忘情吗？有一次读《本草纲目》，知道古人也是食花的，古人也食草。在《本草纲目》谈到萱草时，引了李九华的延寿书说："嫩苗为蔬，食之动风，令人昏然如醉，因名忘忧。"

如果萱草"忘忧草"的名是因之而起，我倒愿意为昙花是"忘情花"下一注解："美花为蔬，食之忘情，令人淡然超脱，因名忘情。"

"忘情花"的滋味是宜于联想的，在我们的情感世界里，"忘情"几乎是不可能的境界，因为有爱就有纠结，有情就有牵缠，如何在纠结牵缠中能拔出身来，走向空旷不凡的天地，就要像"忘情花"一样在短暂的时间里开得美丽，等凋萎了以后，把那些纠结牵缠的情经过煎、炒、煮、炸的锻炼，然后一口一口吞入腹里，并将它埋到心底最深处，等到另一个开放的时刻。

每个人的情感都是有盛衰的，就像昙花即使忘情，也有兴谢。我们不是圣人，不能忘情，再好的歌者也有恍惚失曲的时候，再好的舞者也有乱节而忘形的时刻，我们是小小的凡人，不能有"爱到忘情近佛心"的境界，但是我们可以"藏情"把它完成过、失败过的情爱像一幅卷轴一样卷起来放在心灵的角落，让它沉潜，让它褪色，在岁月的足迹走过后打开来，看自己在卷轴空白处的落款，以及还鲜明如昔的刻印。

我们落过款、烙过印；我们惜过香、怜过玉；这就够了，忘情又如何？无情又如何？

3．咸也好，淡也好

一个青年为着情感离别的苦痛来向我倾诉，气息哀怨，令人动容。等他说完，我说："人生里有离别是好事呀！"他茫然地望着我。

我说："如果没有离别，人就不能真正珍惜相聚的时刻；如果没有离别，人间就再也没有重逢的喜悦。离别从这个观点看，是好的。"

我们总是认为相聚是幸福的，离别便不免哀伤。但这幸福是比较而来，若没有哀伤作衬托，幸福的滋味也就不能体会了。

再从深一点的观点来思考，这世间有许多的"怨憎会"，在相聚时感到重大痛苦的人比比皆是，如果没有离别这件好事，他们不是要永受折磨，永远沉沦于恨海之中吗？

幸好，人生有离别。

因相聚而幸福的人，离别是好，使那些相思的泪都化成甜美的水晶。

因相聚而痛苦的人，离别最好，雾散云消看见了开阔的蓝天。

聚与散、幸福与悲哀、失望与希望，假如我们愿意品尝，
样样都有滋味，样样都是生命中不可或缺的。

可以因缘离散，对处在苦难中的人，有时候正是生命的期待与盼望。

聚与散、幸福与悲哀、失望与希望，假如我们愿意品尝，样样都有滋味，样样都是生命中不可或缺的。

高僧弘一大师，晚年把生活与修行统合起来，过着随遇而安的生活。有一天，他的老友夏丏尊来拜访他，吃饭时，他只配一道咸菜。

夏丏尊不忍地问他："难道这咸菜不会太咸吗？"

"咸有咸的味道。"弘一大师回答道。

吃完饭后，弘一大师倒了一杯白开水喝，夏丏尊又问："没有茶叶吗？怎么喝这平淡的开水？"

弘一大师笑着说："开水虽淡，淡也有淡的味道。"

我觉得这个故事很能表达弘一大师的道风，夏丏尊因为和弘一大师是青年时代的好友，知道弘一大师在李叔同时代，有过歌舞繁华的日子，故有此问。弘一大师则早就超越咸淡的分别，这超越并不是没有味觉，而是真能品味咸菜的好滋味与开水的真清凉。

生命里的幸福是甜的，甜有甜的滋味。

情爱中的离别是咸的，咸有咸的滋味。

生活的平常是淡的，淡也有淡的滋味。

我对年轻人说："在人生里，我们只能随遇而安，来什么品味什么，有时候是没有能力选择的。就像我昨天在一个朋友家喝的茶真好，今天虽不能再喝那么好的茶，但只要有茶喝就很好了。如果连茶也没有，喝开水也是很好的事呀！"

天下的生活都是一样的，无非是柴米油盐酱醋茶。

4. 永远的第一点

永远在风中

风无过去，也无未来

永远在云里

云过去自由，未来也自由

永远在心情

心无挂碍，远离执着

在契入失去时空的那一点

永远就永远都在

从前，有一位心高气傲的秀才，去拜访一位禅师。

禅师说："听说你的书法写得很好。"

秀才说："是呀！我懂得历史上有名的二十四家书法，不但能欣赏，也能轻易地临摹！"

禅师随手拿起禅杖，在空中一点。

禅师说："你认得这一点吗？"

秀才苦思半天，不知所措。

禅师说："你说自己懂得二十四家的书法，却连永字八法的第一点都不认识呀！"

我很喜欢《五灯会元》的这一则公案，许多人耗费一生去追求更高的境界，到最后连最根本的东西丢失了，也不自知。二十四家的书法各有巧妙，但是在写永字八法的第一点时，都是没有差别的。所有的境界回归到原点，不也是如此吗？天下的生活都是一样的，无非是柴米油盐酱醋茶。

只是生活的境界不同，低境界的人不满于平庸的生活，追求更高的境界。高境界的人发现了生活的无差别性，追求无境界。

无境界的人，又回复到平常生活，与一般人没有两样，既不接受礼拜、也不礼拜别人。

这使我想起与猎人住在一起的六祖慧能，他的无境界使人不辨不识；如果被猎人一眼看出是六祖，那也就不算能人了。

境界的高低，因此不是生活上、外相上可以看出的，是能不能掌握根本、掌握自心的问题。

这就好像"永字八法"的第一点，"永远"是我们的口头禅，但是谁能认识永远的第一个点在何处？

永远不在过去，长远的过去都已消失。

永远也不在未来，不可知的未来变化太大。

永远也不是现在，当我说到永远，这两字出口时，"现在"已成为过去。

永远的支点何在？

永远既在过去，也在现在，也在未来！当我契入失去时空的那一点时，永远就永远都在！当我深入法流的无形支点，永远就在那里与我相见。

永远在风中，风无过去，也无未来。

永远在云里，云过去自由，未来也自由。

永远在心情，心无挂碍，远离执着。

只要在柴米油盐的平庸生活，有更精微地契入、更细腻地深入，一直留在第一点上，那是永，也是远！

5.抹茶的美学

日本朋友坚持要带我去喝日本茶，我说："我想，中国茶大概比日本茶高明一些，我看不用去了。"

他对我笑一笑，说："那是不同的，我在台北喝过你们的功夫茶，味道和过程都是上品，但它在形式上和日本的不同，而且喝茶在台北是独立的东西，在日本不是，茶的美学渗透到日本所有的视觉文化，包括建筑和自然的欣赏。不喝茶，你永远不能知道日本。"

我随着日本朋友在东京的大街小巷中穿梭，要去找喝茶的地方，一路上我都在想，在日本留了一些时日，喝到的日本茶无非是清茶或麦茶，能高明到哪里去呢？正沉思间，我们似乎走到了一个茅屋的"山门"，是用木头与草搭成的，非常地简单朴素，朋友说我们喝茶的地方到了。这喝茶的处所日语叫 Sukiya，翻成中文叫"茶室"，对西方人来讲就复杂一些，英文把它翻成 Abode of Fancy（幻想之居）、Abode of Vacancy（空之居），或者 Abode of Unsymmetrical（不称之居），光看这几个字，让我赫然觉得这茶室不是简单的地方。

果然，进到山门之后，视觉一宽，看到一个不大不小的庭园，零落地铺着的石块大小不一，石与石间生长着短捷而青翠的小草，几株及人高的绿树也不规则地错落有致。走进这样的园子，人仿佛走进了一个清净细致的世界，远远处，好像还有极细极清的水声在响。

日本的园林虽小，可是在那样小的空间所创造的清净之力是非常惊人的，几乎使任何高声谈笑的人都要突然失声不敢喧哗。

我们也不禁沉默起来，好像怕吵醒铺在地上的青石一样的心情。

茶室的人迎迓我们，送入一个小小玄关式的回廊等候，这时距离茶室还有一条花径，石块四边开着细碎微不可辨的花。朋友告诉我，他们进去准备茶和茶具，我们可以先在这里放松心情。

他说："你别小看了这茶室，通常盖一间好的茶室所花费的金钱和心血胜过一个大楼。"

"为什么呢？"

"因为，盖茶室的木匠往往是最好的木匠，他对材料的挑选，和手工的精细都必须达到完美的地步，而且他必须是个艺术家，对整体的美有好的认识。以茶室来说，所有的色彩和设计都不应该重复，如果有一盆真花，就不能有画花的画，如果用黑釉的杯子，就不能放在黑色的漆盘上；甚至做每根柱子都不能使它单调，要利用视觉的诱引，使人沉静而不失乐趣；或者一个花瓶摆着也是学问，通常不应该摆在中央，使对等空间失去变化……"

正说的时候有人来请去喝茶，我们步过花径到了真正的茶室。

房门约五尺，屋檐处有一架子，所有正常高度的成人都要低头弯腰而入室，以对茶道表示恭敬。那屋外的架子是给客人放下所携的东西，如皮包、雨伞、相机之类，据说往昔是给武士解剑放置之处；在传统上，茶室是和平之地，是放松歇息的地方，什么东西都应放下，西方人叫它"空之居""幻想之居"是颇有道理的。

茶室里除了地上的炉子，炉上的铁壶，一支夹炭的火钳，一幅简单的东洋画，一瓶弯折奇逸的插花外，空无一物。而屋子里的干净，好像主人在三分钟前连扫了十遍一样，简直找不到一粒灰——初到东京的人难以明白为什么这样的大城能维持干净，如果看到这间茶室就马上明了，爱干净几乎是成为一个日本人最基本的条件。而日本传统似乎也偏向视觉美的讲求，像插花、能剧、园林，甚至文学到日本料理几乎全讲究精确的视觉美，所以也只好干净了。

茶娘把开水倒入一个灰白色的粗糙大碗里，用一根棒子搅拌，碗里浮起了春天里松针一样翠的绿色来，上面则浮着细细的泡沫，等到温度宜于入口时她才端给我们。朋友说，这就是"抹茶"了，喝时要两手捧碗，端坐庄严，心情要如在庙里烧香，是严肃的，也是放松的。和中国茶不同的是，它一次要喝一大口，然后向泡茶的人赞美。

我饮了一口，细细地用味蕾品着抹茶，发现这神奇的翠绿汁液苦而清凉，有若薄荷，似有令人清冽的力量，和中国茶之芳香有劲大为不同。

"饮抹茶，一屋不能超过四个人，否则就不清净。"朋友说："过去，茶道定下的规矩有上百种，如何倒茶，如何插花，如何拿杓子，拿茶箱、茶碗，都有规定，不是专业的人是搞不清楚的，因此在京都有'抹茶大学'专门训练茶道人才，训练出来的人几乎都是艺术家了。"我听了有些吃惊，光是泡这种茶就有大学训练，要算是天下奇闻了。

日本人都知道，"抹茶"是中国的东西，在唐朝时候传进日本，在唐朝以前我们的祖先喝茶就是这种搅拌式的"抹茶"，而且用的是大碗，直到元朝蒙古人入侵后才放弃这种方式，反倒在日本被保存了下来。如今日本茶道的方法基本上来自中国，只是因时日既久融成为日本传统，完全转变为日本文化的习性。

现在我们的茶艺以喝功夫茶为主，回过头来看日本茶道更觉得趣味盎然。但不论中日的茶道，讲的都是平静和自然的趣味，日本茶道的规模是十六世纪时茶道宗师利休所创，曾有人问他茶道有否神秘之处。他说："把炭放进炉子，等水开到适当程度，加上茶叶使其产生适当的味道。按照花的生长情形，把花插到瓶子里，在夏天时使人想到凉爽；冬天使人想到温暖。除此之外，茶一无所有，没有别的秘密。"

这不正是我们中国人的"平常心是道"吗？只是利休可能想不到，后来日本竟发展出一百种以上的规矩来。

在日本的茶道里，大部分的传说都是和古老中国有关的，最先的传说是说在西元前五世纪时，老子的一位信徒发现了茶，在函谷关口第一次奉茶给老子，把茶想成是"长生不老药"。

普遍为日本人熟知的传说，是禅宗初祖达摩从天竺东来后，为了寻找无上正觉，在少林寺面壁九年，由于疲劳过度，眼睛张不开，索性把眼皮撕下来丢在地上，不久，在达摩丢弃眼皮的地方长出了一棵叶子又绿又亮的矮树。达摩的弟子便拿这矮树的叶子来冲水，产生一种神秘的魔药，使他们坐禅的时候可以常保觉醒状态，这就是茶的最初。

这真是个动人的传说，虽然无稽却有趣味，中国佛教禅宗何等大能，哪里需要借助茶的提神才能寻找无上的正觉呢？但是它也使得日本的茶道和禅有极为深厚的关系。过去，日本伟大的茶师都是修习禅宗的，并且以禅宗的精神用到实际生活形成茶道——就是自然的、山林的、野趣的、宁静的、纯净的、平常的精神。

另外一个例子可以反映这种精神，像日本茶室大小通常是四席半大，这个大小是受到《维摩经》的一段话影响而决定的:《维摩经》记载，维摩诘居士曾在同样大的地方接待文殊师利菩萨和八万四千个佛弟子，它说明了对于真正悟道的人，空间的限制是不存在的。

我的日本朋友说:"日本茶道走到最后有两个要素，一是个微锈，一个是朴拙，都深深影响了日本的美学观，日本的金器、银器、陶瓷、漆器，甚至大到庭园、建筑都追求这样的趣味。说到日本传统的事物，好像从来没有追求明亮光灿的东西，唯一的例外，大概是武士的刀锋吧！"

日本美学追求到最后，是精密而分化，像京都最有名的苔寺"西方寺"，在五千三百七十坪面积上，竟种满了一百二十种青苔，其变化之繁复，差别之细腻，真是达到了人类视觉感官的极致——细想起来，那一百二十种青苔的变化，不正是抹茶上翡翠色泡沫的放大照片吗？

我们坐在"茶室"里享受着深深的安静，想到文化的变迁与流转，说不定我们捧碗而饮的正是唐朝。不管它是日本的，或是中国的，它确乎能使人有优美的感动，甚至能听到花径青石上响过来的足声，好像来自遥远的海边，而来的那人羽扇纶巾、青衫蓝带，正是盛唐衣袂飘飘的文士——呀！我竟为自己这样美的想象而惊醒过来，而我的朋友双眼深闭，仿佛入定。

静到什么地步呢？静到阳光穿纸而入都像听到沙沙之声。

我们离开的时候才发觉整整坐了四个小时，四小时只是一瞬，只是达摩祖师眼皮上长出千千亿亿叶子中的一片罢了。

6. 海边的白蝴蝶

　　我和两个朋友一起去海边拍照、写生，朋友中一位是摄影家，一位是画家，他们同时为海边的荒村、废船、枯枝的美惊叹而感动了，白净绵长的沙滩反而被忽视，我看到他们拿出相机和素描簿，坐在废船头工作，那样深情而专注，我想到，通常我们都为有生机的事物感到美好，眼前的事物生机早已断丧，为什么还会觉得美呢？恐怕我们感受到的是时间，以及无常、孤寂的美吧！

　　然后，我得到一个结论：一个人如果愿意时常保有寻觅美好感觉的心，那么在事物的变迁之中，不论是生机盎然或枯落沉寂都可以看见美，那美的原不在事物，而在心灵、感觉，乃至眼睛。

　　正在思维的时候，摄影家惊呼起来："呀！蝴蝶！一群白蝴蝶。"他一边叫着，一边立刻跳起来，往海岸奔去。

　　往他奔跑的方向看去，果然有七八只白影在沙滩上追逐，这也使我感到讶异，海边哪来的蝴蝶呢？既没有植物，也没有花，风势又如此狂乱。但那些白蝴蝶上下翻转地飞舞，确实是非常美的，怪不得摄影家跑那么快，如果能拍到一张白蝴蝶在海浪上飞的照片，就不枉此行了。

我看到摄影家站在白蝴蝶边凝视，并未举起相机，他扑上去抓住其中的一只，那些画面仿佛是默片里，无声、慢动作的剪影。

接着，摄影家用慢动作走回来了，海边的白蝴蝶还在他的后面飞。

"拍到了没？"我问他。

他颓然地张开右手，是他刚刚抓到的蝴蝶。我们三人同时大笑起来，原来他抓到的不是白蝴蝶，而是一片白色的纸片。纸片原是沙滩上的垃圾，被海风吹舞，远远看，就像一群白蝴蝶在海面飞。

真相往往是这样无情的。

我对摄影家说："你如果不跑过去看，到现在我们都还以为是白蝴蝶呢！"

确实，在视觉上，垃圾纸片与白蝴蝶是一模一样、无法分别的，我们的美的感应，与其说来自视觉，还不如说来自想象，当我们看到"白蝴蝶在海上飞"和"垃圾纸在海上飞"，不论画面或视觉是等同的，差异的是我们的想象。

这更使我想到感官的感受原是非实的，我们许多时候是受着感官的蒙骗。

其实在生活里，把纸片看成白蝴蝶也是常有的事呀！

结婚前，女朋友都是白蝴蝶，结婚后，发现不过是一张纸片。

好朋友原来都是白蝴蝶，在断交反目时，才看清是纸片。

未写完的诗、没有结局的恋情、被惊醒的梦、在对山看不清楚的庄园、缘尽情未了的故事，都是在生命大海边飞舞的白蝴蝶，不一定要快步跑去看清。只要表达了，有结局了，不再流动思慕了，那时便立刻停格，成为纸片。

我回到家里，坐在书房远望着北海的方向，想想，就在今天的午后，我还坐在北海的海岸吹海风，看到白色的蝴蝶——喔，不！白色的纸片——随风飞舞，现在，这些好像真实经验过的，都随风成为幻影。或者，会在某一个梦里飞来，或者，在某一个海边，在某一世，也会有蝴蝶的感觉。

唉唉！一只真的白蝴蝶，现在就在我种的一盆紫茉莉上吸花蜜哩！你信不信？

你信！恭喜你，你是有美感的人，在人生的大海边，你会时常看见白蝴蝶飞进飞出。

你不信？也恭喜你，你是重实际的人，在人生的大海边，你会时常快步疾行，去找到纸片与蝴蝶的真相。

贼光消失，宝光升起

贼光旺盛，则红尘暗淡

贼光消失，世界就亮了起来

这个世界上，关怀是最有力量的，时时关怀四周的人与事，
不止能激起别人的力量，也能鞭策自己不致堕落。

1. 棒喝

"站住！"

我们半夜翻墙到校外吃面，回到学校时，突然从墙角响起一阵暴喝，我正在心里闪过"完了"这样的念头时，一个高大的黑影已经窜到面前。

站在我们前面的老师，是我们的训导主任兼舍监，也是我就读的学校里最残酷冷漠无情的人，他的名字偏偏叫郑人贵，但是我们在背后都叫他"死人面"。因为从来没有学生见他笑过，甚至也没有人见他生气过，他只是冷冷地站在那里，永远没有表情地等待学生犯错，然后没有表情地处罚我们。

他的可怕是难以形容的，他是每一个学生的噩梦，在你成功时他不会给你掌声，在你快乐时他不会与你分享，他总是在我们犯错误、失败、悲伤的时候出现，给予更致命的打击。

他是最令人惊吓的老师，只要同学相聚在一起的时候，有人喊一句"死人面来了"，所有的人全身的毛孔都会立即竖起。我有一个同学说，他这一生最怕的人就是"死人面"，他夜里梦到恶鬼，顶多惊叫一声醒来，有一次梦到"死人面"，竟病了一个星期。他的威力比鬼还大，一直到今天，我偶尔想起和他面对面站着的画面，还会不自制地冒出冷汗。

这样的一位老师，现在就站在我们面前。

"半夜了，跑去哪里？"他寒着脸。

我们沉默着，连呼吸都不敢大声。

"说！"他用拳头捶着我的胸膛："林清玄，你说！"

"肚子饿了，到外面去吃碗面。"我说。

"谁说半夜可以吃面的？"他把手伸到身后，从腰带上抽一根又黑又厚的木棍，接着就说："站成一列。"

我们站成一列以后，他命令道："左手伸出来！"

接着，我们咬着牙，闭着眼睛，任那无情的木棍像暴雷一样打击在手上，一直打到每个人的手上都冒出血来，打到我们全身都冒着愤恨的热气，最后一棍是打在我手上的，棍子应声而断，落在地上。他怔了一下，把手上另外半根棍子丢掉，说："今天饶了你们，像你们这样放纵，如果能考上大学，我把自己的头砍下来给你们当椅子坐！"

说完，他头也不回地走了，留下我们七个人缓缓从眼中流下委屈的泪水，我的左手接下来的两星期连动也不能动，那时我是高中三年级的学生，只差三个月就要考大学了。我把右手紧紧握着，很想一拳就把前面的老师打死。

"死人面"的可怕就在于，他从来不给人记过，总是用武力解决，尤其是我们住在宿舍的六十几个学生，没有不挨他揍的，被打得最厉害的是高三的学生，他打人的时候差不多是把对方当成野狗一样的。

他也不怕学生报复，他常常说："我在台湾没有一个亲人，死了也就算了。"在我高二那年，曾有五个同学计划给他"盖布袋"，就是用麻袋把他盖起来，毒打一顿，丢在垃圾堆上。计划了半天，夜里埋伏在校外的木麻黄行道树下，远远看到他走来了，那五个同学不但没有上前，几乎是同时拔腿狂奔，逃走了。这个事情盛传很广，后来就没有人去找他报复了。

他的口头禅是："几年以后，你们就会知道我打你们，都是为你们好。"

果然，我们最后一起被揍的七个人里，有六个人那一年考上大学，当然，也没有人回去要砍他的头当椅子坐了。

经过十五年了，我高中时代的老师几乎都在印象中模糊远去，只对郑人贵老师留下深刻的印象，可见他的棒子顶有威力。几年前我回校去找他，他因癌症过世了，听说死时非常凄惨，我听了还伤心过一阵子。

我高中时代就读台南市私立瀛海中学，在当年，这个海边的学校就是以无比严格的教育赢得声名，许多家长都把不听话的、懒惰的、难以管教的孩子送进去，接受斯巴达教育。我就是在这种情况下，被父亲送去读这个学校的。

不过，学校虽然严格，还是有许多非常慈爱的老师。曾担任过我两年导师的王雨苍老师，是高中时对我影响最大的老师。

王雨苍老师在高二的时候接了我们班的导师，并担任国文老师，那时我已被学校记了两个大过两个小过，被留校察看，赶出学校宿舍。我对学校已经绝望了，正准备迎接退学，然后转到乡下的中学去，学校里大部分的老师都放弃我了。

幸好，我的导师王雨苍先生没有放弃我，时常请我到老师宿舍吃师母亲手做的菜，永远在我的作文簿上给我最高的分数，推荐我参加校外的作文比赛，用得来的奖来平衡我的操行成绩。有时他请假，还叫我上台给同学上国文课，他时常对我说："我教了五十年书，第一眼就看出你是会成器的学生。"

他对待我真是无限的包容与宽谅，他教育我如何在联考的压力下寻找自己的道路，也让我知道如何寻找自己的理想，并坚持它。

王老师对我反常地好，使我常在深夜里反省，不致在最边缘的时候落入不可挽救的深渊。其实不是我真的好，而是我敬爱他，不敢再坏下去，不敢辜负他，不敢令他失望。

高中毕业那一天，我忍不住跑去问他："为什么所有的老师都放弃我，您却对我特别好？"他说："这个世界上，关怀是最有力量的，时时关怀四周的人与事，不止能激起别人的力量，也能鞭策自己不致堕落，我当学生的时候正像你一样，是被一位真正关心我的老师救起来的……"

后来我听到王雨苍老师过世的消息，就像失去了最亲爱的人一样。他给我的启示是深刻而长久的，这么多年来，我能时刻关怀周遭的人与事，并且同情那些最顽劣、最可怜、最卑下、最被社会不容的人，是我时常记得老师说的："在这个世界上，关怀是最有力量的。"

王雨苍老师和郑人贵老师分别代表了好老师两种极端的典型，一个是无限地慈悲，把人从深谷里拉拔起来；一个是极端地严厉，把人逼到死地激起前冲的力量。虽然他们的方法不同，我相信他们都有强烈的爱，才会表现那么特别的面目。

这使我想起中国禅宗里，禅师启示弟子的方法，大凡好的禅师都不是平平常常，不冷不热，而是有强烈的风格，一种是慈悲的，在生活的细节里找智慧来教化弟子，使弟子在如沐春风中得到开悟，这是伟大的身教，使学生在无形中找到自己的理想和道路。

伟大慈悲的禅师是超越了知识教化的理解，直接进入实践的层次。我们来看两个例子：

白居易问杭州鸟窠道林禅师："如何是佛法大意？"

禅师曰："诸恶莫作，众善奉行。"

白居易奇怪地说："这三岁的小孩子也会说。"

禅师说："三岁小孩子虽道得，八十老人行不得。"

另一个故事是有源律师问越州大珠慧海禅师："和尚修道还用功否？"

师曰："用功。"

曰："如何用功？"

师曰："饥来吃饭，困来即眠。"

曰："一般人总如是，同师用功否？"

师曰："不同。"

曰："何故不同？"

师曰："他吃饭时不肯吃饭，百种需索。睡时不肯睡，千般计较，所以不同也。"

禅师如此，任何好的老师也无不如此，其实大家心里都知道好老师的标准，只是不肯或不能依照这个标准去实践罢了，这就是身教。

但还有一种好的禅师是不用身教的，他们用极端严厉的方法来逼迫弟子，让弟子回到最原始的自我，激发出非凡的潜力，所以中国禅宗的传统里有许多棒喝、叱咤的故事，马祖在对待弟子百丈怀海的问题时，曾大喝一声，使怀海禅师耳聋三日。

最有名的惯用呼喝的禅师是临济义玄，由于他时常对弟子大声喝叱，使许多弟子怀疑他的慈悲，但他确是一个好的老师，他曾解释自己喝的作用："我有时一喝如金刚王宝剑（意即斩断烦恼，智慧生起）；有时一喝如踞地狮子（意即镇慑学生心神，阻住情解）；有时一喝如探竿影草（考验学生的功夫深浅）；有时一喝不作一喝用（转移学生的迷执）。"

但是像临济这么严厉的禅师，他的师父黄檗禅师比他更严厉，他做黄檗的弟子三年才去问法。

他去问法："如何是佛法大意？"

声未绝，黄檗便打。

师又问，黄檗又打，如是三度发问，三度被打，总共被打了六十棒。

后来临济开悟，就继承了老师的风格。

黄檗和临济都是伟大的教禅的老师，有时他们的爱与慈悲是用棒子和喝叱来表现，并且没有什么特别的理由。

历史上最有名的棒喝是高峰禅师和弟子了义禅师的故事。

宋朝的了义禅师，十七岁时去谒高峰禅师，高峰叫他参"万法归一"这句话，有一天他见到松上坠雪，就写了一首偈呈给高峰，受高峰一顿痛棒，打得坠下数丈深的悬崖，重伤，七日未死，突然大悟，大呼："老和尚，今日瞒不得我也！"高峰给他印可，为他落发。他写了一首偈：

> 大地山河一片雪，太阳一出便无踪；
> 自此不疑诸佛法，更列南北与西东。

可见严厉的棒喝，有时在教育的效用上并不逊于耐心与慈悲。

当我们读到伟大的禅师启悟弟子千奇百怪的方法，使我们更能进入教育的本质，这本质不在于严厉或慈悲，而在于有没有真正的爱与智慧，来开发那些幼小的心灵，使他们进入更广大的世界。

从佛教的观点，老师与弟子也是从累世深刻的缘分来的，在禅录《古尊宿语录》中记载，文殊菩萨曾经是毗婆尸佛、尸弃佛、毗舍浮佛、拘留孙佛、拘那含牟尼佛、迦叶佛、释迦牟尼佛等七位佛陀的老师，可是在七佛成佛时，他又成为七佛的弟子。

有一位和尚问希迁禅师："文殊菩萨是七佛师，文殊有师否？"

禅师回答："文殊遇缘则有师。"

在我们的生命过程里，要遇到几位能启发我们的老师，是不容易的，需要深厚的宿缘。

回想起我在高中时代与老师间的缘分，我怀念最慈悲的王雨苍先生，也怀念那最严厉的郑人贵先生。

2. 一滴水到海洋

一位弟子追随一位得道的师父。过了几天，他去请教师父："什么是人生的价值？"师父总是不告诉他，他愈发显得着急，一再地去求教。

有一天，师父被缠不过了，从房子里拿出一块石头，那石头看起来很大，也很美，师父说："你带这块石头到卖蔬菜的市场去卖，但是不要真的卖出去，只要试着卖，看看蔬菜市场的人可以出什么样的价钱。"

那个弟子真的带着石头到蔬菜市场去试卖。很多人围过来看，有的说："这么美的石头可以给孩子玩。"有的说："这么大的石头当秤锤刚刚好。"于是人们纷纷给石头出价，从两元到十元不等。

弟子带着石头回来见师父，说："在蔬菜市场，这个石头只能卖到十元的价钱。"

师父又说："现在你把这石头拿到黄金的市场去卖，但是不要真

唯有发现心里一滴水的人，才能体会海洋也是一滴水的汇集与映现。

的卖出去，看看黄金市场的人可以出到什么样的价钱。"

弟子照着吩咐去做了。当他从黄金市场回来的时候，很高兴地向师父报告："在黄金市场，他们出的价钱很好，这石头可以卖到一千元。"

师父又说："现在，你把这石头拿到珠宝店去，还是不要卖出去，只要看看珠宝店的人可以出到什么样的价钱。"

弟子拿石头到珠宝店去卖时，他简直无法相信，因为第一个人就出价五千元，由于他不卖，珠宝店的人竟一直加价，最后加到几十万元。

弟子还是不肯卖，最后珠宝店的人说："只要你肯卖，任你开个价吧！"

弟子说："我只是奉师父之命来试这个石头的价钱，不管出多高的价，我的石头都是不卖的。"弟子离开珠宝店的时候，他心想，黄金市场和珠宝店的人简直是疯狂，因为在他看来，一块石头能卖十元就够好了。

他回来向师父报告在珠宝店得到的开价，师父说："一块石头的价值，是由了解的深浅而定的。如果一个人没有够好的眼睛，所有的石头，价值都不会超过十元，正像你在蔬菜市场遇到的那些人。你每天追着我问人生的价值，可是你的眼睛只停在蔬菜市场的层次，我给你一个钻石，你也会以为只值十元。如果你成为珠宝商，认识真正的宝石，我给你的宝石才会成为无价。现在，你先不要向我要人生的宝石，先使你自己拥有珠宝商的眼睛，那时候你来找我，我就会教你人生的价值。"

这是苏菲修行者的故事，它有两个重要的寓意：

一是想要追求人生更高的奥秘，一定要在心灵上有所准备，要养成慧眼，这样才能承受真正的"道的宝石"，如果没有慧眼，最好的钻石摆在眼前也与石头无异。

二是万事万物并没有绝对的价值，而是缘于了解的深浅而显示价值的高低，唯有心灵的提升才能坚持出一种绝对的价值。有绝对价值的人，吃饭喝茶中都有深奥的境界，因为人生的奥义并不在那相对与分别的世界，而在绝对的性灵中。

不久前，我去参观一个奇石的展览，就想到苏菲的这个故事，那所谓的奇石全不假人工的雕琢，而是捡拾自深山、溪流、海边，个个都有奇特的风姿。它们的定价从数千到数十万都有，如果不是收藏奇石的那个圈子里的人，很难理解为什么一块石头可以卖到几十万。但是听说有很多是非卖品，即使那个圈子里的人愿意花几十万买石头也买不到呀！

那些原在深山、海岸、溪畔的奇石，普通人根本就懒得去捡，所以发现而捡拾的人就可以说是慧眼独具了，他们的慧眼则是在对石头的爱与了解中产生的。当然也有人为了卖钱而捡石头，有一位奇石收藏家就告诉我："为了卖钱而捡石头的人，往往捡不到最好的石头。"

但是，不管是为爱而捡或为钱而捡，不管有什么样的定价，不管是在深山或在艺术馆的架上，一块石头的本质是不会改变的，在改变与波动着的只是我们的眼睛，我们的心。

石头存在的本身就饱含了价值，不因慧眼或俗眼而改变。其实，万物的本身都有不可替代、无法定价、深刻无比的价值，此所以"森罗万象许峥嵘"，此所以"翠竹皆是法身，黄花无非般若"，此所以"溪声尽是广长舌，山色岂非清净身"……

保持内心如宝石一样的质量，比起为宝石定各种价钱要高明得多了。

从前，牛顿在苹果树下，被一个苹果打中而发现地心引力。这是多么伟大的发现，但是如果没有那个适时落下的苹果，可能要晚几百年才会被发现。所以，也许市场里一个苹果卖十块钱，可是一个苹果也可以是地心引力的引信，也可以是无价的。

有一个这样的笑话——

一个孩子读了牛顿发现地心引力的故事，就跑去坐在苹果树下，想自己说不定也可以发现什么大的道理。他坐在苹果树下胡思乱想，为什么苹果树这么高大，却长出这么小的苹果，而大西瓜却相反，长在小小的西瓜藤上？

小苹果长在大树上，大西瓜却长在小小的藤上，这里面一定有什么伟大的道理吧？

正在苦思的时候，一个苹果"啪"一声落在他的头上，他突然欣喜若狂地发现了："还好是一个苹果，如果是大西瓜落下来，我还会有头在吗？原来大西瓜长在地上是有道理的，至少落下的时候不会有人受伤。苹果长在大树上是很好的，西瓜长在地上也是很好的，万物的存在都有它的道理。"

事物的价值源自于人心的价值，如果心的价值不被发现与确立，事物的价值也就得不到确立了。有一个朋友千里迢迢带回来大陆寺庙改建时拆下的砖送我，说是唐朝的砖。我左看右看，端详这块朋友口中"伟大而有历史的砖"，却总是看不出它的殊异之处。我想，如果把这块砖放在忠孝东路人群最多的地方，也不会有人捡拾，或者第二天就被清道夫丢进垃圾车里。这块毫不起眼、重达五公斤的砖块，以锦盒包装，被抱在怀中，飞山越海，到我的手上，只是因为在我们的心里先确立了，才会发现它的价值呀！

当一个人的心没有价值观与质量感时，当一个人的心只有垃圾时，所看见的世界也无非是垃圾！

在现代社会，真实的价值之所以被隐没，就是人心被隐没的结果。

假若说，人心的价值是一滴水，万物存在的价值是一片广大的海洋，那么唯有发现心里一滴水的人，才能体会海洋也是一滴水的汇集与映现。轻视一滴水，就是轻视整个海洋，而能品味一滴水，也就能品尝海洋的真味了。

3. 贼光消失的时候

朋友从意大利进口了一批老水晶灯，邀我们去欣赏。

满满一屋子的老水晶灯，悬空而挂，犹如烛光的小火皆已点燃，使人仿佛置身在中古欧洲的草原上，满天的星星。看完星星，走入古堡，草原的星光也被带入了屋子，王子与公主正乘着小步舞曲的乐音，在大厅中旋舞。

这些星光与舞曲，在时空中飘流，流到了台北。

细数着老水晶灯的来历，我们都听得痴了。

贼光消失，宝光升起

朋友得知意大利乡间有一些古堡，准备翻修，正在出售堡内的灯具，特意请意大利的朋友去标购，把已有百年历史的古董水晶灯全数买下，总共有三百多盏，运回台北，准备与有缘的朋友分享。

老水晶灯全部是施华洛奇的作品，打着一百年前的徽章，从灯架、设计、水晶，无一不是巅峰之作。

让我惊奇的是，通常在一个空间，只要有两盏主灯，有的会互斥，有的会互相消减光芒，这些老水晶灯却不然，几十盏在一起，互相协调、互相照亮、互相衬托，就像花园的百花那么自然，一点也没有人工的造作。

朋友说："那是因为，这些水晶灯的贼光消失了！当贼光消失的时候，宝光就会生起！什么是贼光呢？贼光就是会互斥互抢的光，是不知收敛的光，是不含蓄、不细腻、不温柔、不隐藏的光。"

然后，我们就在贼光已经消失的水晶灯下，谈起贼光。

有人说：现代的工匠或许也能做出精美的作品，因为贼光太盛，与其他的东西摆在一起，不是抢走了光芒，就是互相碍眼。

有人说：明式家具之所以美好，是因为它贼光消失，在陋室，不减其光芒；在皇宫，也不会刺眼。

有人说：我就是见不得现代的水晶和琉璃作品，贼光旺盛，价位也充满了贼光。

有人恍然大悟地说：从前看古董，内心都会感到特别的优美和安静，一直在内心感动着，也疑惑着，原来是因为贼光消失的缘故呀！

时空洗炼后产生的真宝之光

现在人崇尚华丽、精致，所做的器物无不以豪华为能事，但是豪华到了顶点，重形式胜过内涵，贼光也就不能隐藏。一定要经过许多时间的考验，许多东西被淘汰，只剩下内涵形式并美的东西；再经过一段时间，贼光隐没，宝光生起，就能与周遭的一切相容并蓄，并且随着日月，一天比一天优美。

我想，这就是不论中外，古董的魅力吧！我们看拍卖场上的瓷器、珠宝、家具，并不像现代的作品光芒焕发，却能以数千倍于现代作品的价格拍卖出去，因为那种真宝之光，只有经过时间与空间的洗炼，才会产生。

人也是这样，年少的时候自以为才情纵横，英雄盖世，到了年岁渐长，才知道那只是贼光激射。经过了岁月的磨洗，知道了人外有人、天外有天，贼光才会收敛；等到贼光消失的时候，也正是宝光生起之时。

宝光生起的事物，自然平常，能与一切的外境相容，既不夺人，也不夺境，却不减损自己的光芒。

宝光生起的人，泰然自若，沉静谦卑，既不显露，也不隐藏，他与平常人无异，只是在生活中保持着灵敏和觉知。

这世上比较可悲的是，贼光容易被看见，致使一般人认为贼光是有价值的，反而那些宝光涵容的人和事物，是很少被观见的。

宝光之物，乃宝光之眼才能看见。

宝光之人，唯宝光之心才能相映。

一旦有一粒微尘扬起，

整个大地就在那里显现。

一个狮子的身上显示千万个狮子，

千万个狮子身上也显示一个狮子。

一切都是千千万万个，

你只要认识一个，

就识得千千万万。

这是慈明禅师的话语，要认识焕发宝光的人事物，不一定要学习认识和鉴赏，只要自己贼光消失，宝光生起，一切不都是那么鲜明吗？

水有许许多多的源头，水的本质只有一种。

千江有水都映着月亮，天上的月亮只有一轮。

我看着那些美丽的古灯，贼光早就消散，宝光暖暖，想起自己在青年时代自以为光芒万丈的情景，经过许多许多年，那些贼光才隐藏了。

当贼光消失的时候，放眼望去，总是一片繁华，仿佛坐在一片漆黑的山顶，看着华灯万盏的倾城夜景，虽身处黑暗，心里也是华光一片。

贼光旺盛，则红尘暗淡。

贼光消失，世界就亮了起来。

4. 清风匝地，有声

在日本神户港，我们把汽车开进"英鹤丸"渡轮的舱底，然后登上最顶层的甲板看濑户内海。

这一次，我从神户坐渡轮要到四国，因为听说四国有优美而绵长的海岸线，还有几处国家公园。四国，是日本四大岛中最小的一岛，并且偏处南方，所以是外籍观光客较少去的地方，尤其是九月以后，天气寒凉，枫叶未红，游人就更少了。

从前，要到四国一定要乘渡轮，自从几条横跨濑户内海的长桥建成以后，坐渡轮的人就少了。有很多人到四国去不是去看海、看风景的，只是为了去过桥，像"鸣门大桥"是颇有历史的，而新近落成的"濑户大桥"则是宏伟气派，长达十公里，听说所用的钢筋围起来可以绕地球一圈半了，许多人四国来回，只为了看濑户大桥粗大的水泥与钢筋。对我而言，要过海，坐渡轮总是更有情味，人生里如果可以选择从容的心情，为什么不让自己从容一点呢？

我看见了长在清水里的山葵花是美丽的，长在污泥里的白莲花也是美丽的。

"英鹤丸"里出乎想象地冷清，零落的游客横躺在长椅上睡觉，我在贩卖部买了一杯热咖啡，一边喝咖啡，一边依在白色的栏杆上看濑户内海。濑户内海果然与预想中的一样美，海水澄蓝如碧，天空秋高无云，围绕着内海的青山，全是透明的绿，这海山与天空的一尘无染，就好像日本传统的茶室，从瓶花到桌椅摸不出一丝尘埃。

在我眼前的就是濑户内海了，我轻轻地叹息着。

我这一次到日本来，希望好好看看濑户内海是重要的行程，原因说来可笑，是因为在日本的书籍里读到一则中国禅师与日本禅师的故事。故事大意是这样的：有一位中国禅师到日本拜访了一位日本禅师，两人一起乘船到濑户内海，那位日本禅师是曾到过中国学禅，亲炙过中国的山水的。

在船上，日本禅师说："你看，这日本的海水是多么清澈，山景是多么翠绿！看到如此清明的山水，使人想起山里长在清水里那美丽的山葵花呀！"言下有为日本的山水感到自负的意味。

中国禅师笑了，说："日本海的水果然清澈，山景也美。可惜，这水如果再混浊一点就更好了。"

日本禅师听了非常惊异，说："为什么呢？"

"水如果混浊一点，山就显得更美了。像这么清澈的水只能长出山葵花，如果混浊一点，就能长出最美丽的白莲花了。"中国禅师平静地说。日本禅师为之哑口无言。

这是禅师与禅师间机锋的对句，显然是中国禅师占了上风，但我在日本书上看到的这则故事，却令我沉思了很久，从这则故事颇能看见日本人谦抑的态度，也恐怕是这种态度，才使千百年来，濑户内海都能保持干净，不曾受到污染。反过来说，中国人因为自许污水里能开出莲花，所以恣情纵意，把水弄脏了也毫不在意。

不仅濑户内海吧！我童年时代，家乡有几家茶室，都是色情污秽之地，空间窄小，灯光黯淡，空气里飘浮着酸气、腐臭与霉味，地上都是痰渍。因为我有一位要好的同学是茶室老板的儿子，不免常常要出入，每次我都捂着鼻子走进去，走出来时第一件事则是深呼吸，当时颇为成年男子可以在那么浊劣的地方盘桓终日而疑惑不已，当然也更同情那些卖笑的"茶店仔查某"了。

有一次，同学的父亲告诉我，茶室原是由日本传来，从前台湾是没有茶室的。我听了就把乡下茶室的印象当成是日本人印象，心想日本民族真怪，怎么喜欢在下流的茶室不喝茶，却饮酒作乐呢？直到第一次去日本，又到几家传统茶室喝茶，简直把我吓坏了，因为日本茶室都是窗明几净、风格明亮，连园子里的花草都长在它应该长的地方，别说是色情了，人走进那么干净的茶室，几乎一丝不净的念头都不会生起，口里不敢说一句粗俗的话，更别说色情了，唯恐染污了茶盘。怪不得日本茶道史上，所有伟大的茶师都是禅师！

同样是"茶室"，两地却有截然不同的风貌，对照了日本禅师与中国禅师的故事就益发令人感慨了。由小见大，山水其实就是人心，要了解一个地方人的性格，只要看那地方的山水也就了然了。山且不论，看看台湾的水，从小溪、大河，到湖泊、沿海，无不是鱼虾死灭、垃圾漂流、污油朵朵、浮尸片片。

我每次走过我们土地上的水域，就在里面看到了人心的污渍，在这样脏的水中想开出一朵白莲花，简直不可思议，需要多么大的勇气、多么大的坚持与多么大的自我清净的力量！

我坐在濑户内海上的渡轮上，看到船后一长条纯白的波浪时，就仿佛回到了中国禅师与日本禅师在船上的对话的场景与心情，在污泥秽地中坚持自我品质的高洁是禅者的风格，可是要怎么样使污秽转成清明则是菩萨的胸怀，要拯救台湾的山水，一定要先从台湾的人心救起，要知道，长出莲花的地方虽然污秽，水却是很干净的。

记得从前我当记者的时候，曾为了一个噪声与污染事件去访问一家工厂的负责人，他的工厂被民众包围，被迫停工，他却因坚持而与民工对峙。他闭起眼睛，十分陶醉地对我说："你听听，这工厂机器的转动声，我听起来就像音乐那么美妙，为什么他们不能忍受呢？"我听到他的话忍不住笑起来，他用一种很怀疑的眼神看我，眼神里好像在说："连你也不能欣赏这种音乐吗？"那个眼神到现在我都还记得。

确实如此，在守财奴的眼中，钞票乃是人间最美丽的绘画呢！

听过了肆无忌惮的商人的音乐，我们再回到日本的茶室，日本茶道的鼻祖绍鸥曾经说过一句动人的话："放茶具的手，要有和爱人分离的心情。"这种心情在茶道里叫作"残心"，就是在行为上绵绵密密，即使简单如放茶具的动作，也要轻巧，有深沉的心思与情感，才算是个懂茶的人。

反过来，一个人和爱人分离的心情，若能有如放下名贵茶具的手那么细心，把诀别的痛苦化为祝福的愿望，心中没有丝毫憎恨，留存的只有珍惜与关怀，才是懂得爱情的人。此所以茶道不昧流的鼻祖出云松江说："红叶落下时，会浮在水面；那不落的，反而沉入江底了。"

境界高的茶师，并不在他能品味好茶，而在他对待喝茶这整个动作的态度，即使喝的只是普通的粗茶，他也能找到其中的情趣。

境界高的人生亦如是，并不在于永远有顺境，而是不论顺逆，也能用很好的情味去面对，这就是禅师说的："在途中也不离家舍"、"不风流处也风流"。因此，我们要评断一个人格调与韵致的高低，要看他失败时的"残心"。有两句禅诗："掬水月在手，弄花香满衣。"最能表达这种残心，每一片有水的叶子都有月亮的映照，同样，人生的每个行为、每个动作都是人格的展现。没有经过残心的升华，一个人就无法有温柔的心，当然，也难以体会和爱人分离的心情是多么澄清、细密、优美，一如秋深落叶的空山了。

从前有一个和尚到农家去诵经，诵经的中途听到了小孩的哭声，转头一看，原来孩子趴在地上压到了一把饭铲子，地上很肮脏，孩子的母亲就把他抱起来，顺手把饭铲子放进热腾腾的饭上，洗也不洗。

于是，当孩子的母亲来请吃饭时，和尚假称肚子痛，连饭也没吃，就匆匆赶回寺里。过了一星期，和尚又去这农家诵经，诵完经，那母亲端出了一碗热腾腾的甜酒酿，由于天气严寒，和尚一连喝了好几碗，不仅觉得美味，心情也十分高兴。

等吃完了甜酒酿，孩子的母亲出来说："上一次真不好意思，您连饭都没吃就回去了，剩下很多的饭，只好用剩饭做成一些甜酒酿，今天看到您吃了很多，我实在感到无比安慰。"

和尚听了大有感触，为逃避肮脏的饭铲子，没想到反而吃了七天前的剩饭做成的甜酒酿，因而悟到了"一饮一啄，莫非前定"。我们面对人生里应该承受的事物不也是如此吗？在饭铲中泡过的脏饭与甜酒，表面不同，本质却是一样的。所以，欢喜的心最重要，有欢喜心，则春天时能享受花红草绿，冬天时能欣赏冰雪风霜，晴天时爱晴，雨天时爱雨。

好像一条清澈的溪流，流过了草木菁华，也流过石畔落叶；它欢跃如瀑布时，不会被拘束；它平缓如湖泊时，也不会被局限，这就是《金刚经》里最动人心弦的一句"应无所住而生其心"。

我眼前的濑户内海也是如此，我体验了它明朗的山水，知道濑户内海不只是日本人的海，而是眼前的海，是大地之海，超越了名字与国籍。海上吹来的风，呼呼有声，在台湾林野里的清风亦如是，遍满大地，有南国的温暖及北地的凉意，匝地，有声。

晋朝有名的女僧妙音法师，写过一首诗：

> 长风拂秋月，
>
> 止水共高洁。
>
> 八到净如如，
>
> 何容业萦结？

"八到"是指风从东、南、西、北、东南、东北、西南、西北一起到，分不出是从哪里到的，静听、感受清风的吹拂，其中有着禅的对语。在步出"英鹤丸"的时候，我看见了长在清水里的山葵花是美丽的，长在污泥里的白莲花也是美丽的，与爱人相会的心情是美丽的，与爱人分离的心情也是美丽的。

　　只因为我的心是美丽的，如清风一样，匝地，有声。

5. 不下棋的时候

学者恒沙无一悟，

过在寻他舌头路；

欲得忘形泯踪迹，

努力殷勤空里步。

——洞山良价禅师

有一个中年人，事业成功、家庭幸福，但是经常感觉非常苦闷，又找不到苦闷的原因。这种内在的压力日渐加深，不禁使他对整个生命的价值感到困惑，只好去向心理医生求助。

医生听了他的烦恼之后，开给他四帖药，分别装在不同的药袋里，对他说："你明天早上九点钟以前独自一个人到海边去，九点钟打开第一帖药，十二点用第二帖药，下午三点和五点用剩下的两帖药，然后天黑的时候回家，你的病就好了。"

他听了医生的话，第二天一大早就独自到了海边，九点钟的时候打开第一帖药，发现里面有一张纸，写了两个字："谛听。"

这贴药出乎人的意料，他就坐在海边谛听，听海浪拍打沙滩的声音，海风掠过的声音，海鸟觅食的声音……这些大自然的声音给他一种亲切宁静之感，他突然惊觉，自己的生活已经很久没有谛听了。

到中午十二点，他打开第二帖药，上面写着："回忆。"他就坐在海边静静地思索着自己的童年与成长，那些辛苦的日子里，拥有的很少，却有很多的欢乐。想起一些童年的欢笑，使他露出了难得的笑靥。

下午三点，他用的第三帖药是"检查你的动机"，他开始检查起自己是在什么情况下踏入社会的？追求名利的动机何在？现在的情况是否合乎从前的动机？

他的第四帖药是"把你的烦恼写在沙滩上"，他随手捡了一块石头，把自己心中的烦恼与苦闷写在沙滩上，眼看还没有写完的烦恼，一下子就被海浪抚平，冲走了。

黄昏的时候，中年人从海边愉快地回家了，心里的苦闷也随之开朗了。

这是教育心理学上的一个个案，我觉得是医治现代人苦闷之病的很好的药方。一个人在心理上不能得到解脱，往往是沉陷其中，不能自拔的结果，若愿意转一个弯，天地就自然晴朗了。

从禅的角度来看，这个故事也很符合禅的心灵开发过程，"谛听"是"外观世音"，让自己与自然冥合；"回忆"是"内观自在"，在静虑中反观自己的心；"检查你的动机"则是"莫忘初心"，不忘最初念头，这种动机的检查是一种"承担"；"把烦恼写在沙滩上"则是"放下"，人生究竟的结局，不要说名利要放下，烦恼也要放下，为什么人总是不愿意及早放下呢？

其实，这种训练，只是让我们从"当局者"跳跃出来成为"旁观者"，由迷转清而已。我们在看人下棋时，总是看到高超奥妙的棋路，但是一旦我们自己下棋，往往在焦虑的苦思里还走出荒疏的步数。那是由于我们旁观时不执着胜负，甚至不执着于棋，所以能冷静清醒地判断局面。

最好的棋手一定在下棋时有一种超乎自然的感性，在对峙中他不浮躁焦急，局势不论好坏，他都保持泰然自若的态度；人生的棋也是如此，不被胜负所牵，自然不会沉迷或波动了。

这也就是为什么像"谛听""回忆""检查你的动机""把你的烦恼写在沙滩上"看起来并不重要的课题，却往往是使生命柳暗花明最重要的东西了。

在人生的步幅上，不是那么紧张有效的、有实用利益的事物，事实上是在放松我们的心智，放松——舒坦坦地放在那里——有时正好是启发禅心的契机。

灵云禅师参禅参了二十几年，一直都不能开悟，有一天在禅定时抬头看到窗外盛开的桃花，突然之间，就开悟了。那一刹那的放松使他猛然心念顿空，反观心性，就找到了，所以他写下这样的一首诗：

三十年来寻剑客，

几回落叶又抽枝。

自从一见桃花后，

直至如今更不疑。

　　灵云禅师和前面那一位到海边的中年人一样，是从"当局者迷"转到了"旁观者清"的位置上，中年人知道怎么用更好的态度回来下人生的棋了。而灵云禅师则是开悟了广大的空性，事虽然不同，理却是一样的。

　　只是，我们有没有想过，要为苦闷的自己做一个什么样的扭转与放松呢？

6. 猫头鹰人

在信义路上，有一个卖猫头鹰的人，平常他的摊子上总有七八只猫头鹰，最多的时候摆十几只，一笼笼叠高起来，形成一个很奇异的画面。

他的生意顶不错，从每次路过时看到笼子里的猫头鹰全部换了颜色可以知道。他的猫头鹰种类既多，大小也齐全，有的鹰很小，小到像还没有出过巢，有的很老，老到仿佛已经不能飞动。

我注意到卖鹰人是很偶然的，一年前我带孩子散步经过，孩子拼命吵闹，想要买下一只关在笼子里的小猫头鹰。那时，卖鹰的人还在卖兔子，摊子上只摆了一只猫头鹰，卖鹰者努力向我推销说："这只鹰仔是前天才捉到的，也是我第一次来卖猫头鹰，先生，给孩子买下来吧！你看他那么喜欢。"我这才注意到眼前卖鹰的中年人，看起来非常质朴，是刚从乡下到城市谋生活的样子。

我没有给孩子买鹰，那是因为我一向反对把任何动物关在笼子里，而且我对孩子说："如果都没有人买猫头鹰，卖鹰的人以后就不会到山上去捉猫头鹰了，你看，这只鹰这么小，它的爸爸妈妈一定为找不到它在着急呢！"孩子买不成猫头鹰，央求站在前面看一会儿，正看的时候，有人以五百元买下了那只鹰，孩子哇啦一声，不舍地哭了出来。

此后我常常看见卖鹰的人，他的规模一天比一天大，到后来干脆不卖兔子，只卖猫头鹰，订价从五百五十元到一千元左右，生意好的时候，一个月卖掉几十只。我想不通他从何处捕到那么多的猫头鹰，有一次闲谈起来，才知道台湾深山里还有许多猫头鹰，他光是在坪林一带的山里一天就能捕到几只。

他说："猫头鹰很受欢迎咧！因为它不吵，又容易驯服，生意太好了，我现在连兔子也不卖了，专卖鹰。一有空我就到山上去捉，大部分捉到还在巢中的小鹰，运气好的时候，也能捉到它们的父母……"

我劝他说："你别捉鹰了，捉鹰的时间做别的也一样赚那么多钱。"

他说："那不同咧！捉鹰是免本钱稳赚不赔的。"

对这样的人，我也不能说什么了。

后来我改变散步的路线，有一年多没见过卖猫头鹰的人，前不久我又路过那一带，再度看到卖鹰者，他还在同一个街角卖鹰，猫头鹰笼子仍然一个叠着一个。

当我看见他时，大大吃了一惊，那卖鹰者的长相与一年前我见到时完全不同了。他的长相几乎变得和他卖的猫头鹰一样，耳朵上举、头发扬散、鹰钩鼻、眼睛大而瞳仁细小、嘴唇紧抿，身上还穿着灰色掺杂褐色的大毛衣，坐在那里就像是一只大的猫头鹰，只是有着人形罢了。

短短一年多的时间，为什么使一个人的长相完全不同了呢？这巨大变化是从何而来呢？我努力思索卖鹰者改变面貌的原因。我想到，做了很久屠夫的人，脸上的每道横肉，都长得和他杀的动物一样。而鱼市场的鱼贩子，不管怎么洗澡，毛孔里都会流出鱼的腥味。我又想到，在银行柜台数钞票很久的人，脸上的表情就像一张钞票，冷漠而势利。在小机关当主管作威作福的人，日子久了，脸变得像一张公文，格式十分僵化，内容逢迎拍马。坐在电脑前面忘记人的品质的人，长相就像一架电脑。还有，跑社会新闻的记者，到后来，长相就如同社会版上的照片……

原因是这样的吗？或者是像电影电视上演坏人的演员，到后来就长成一脸坏相，因为他打从心里一直坏出来，到最后就无法辨认了。还有那些演色情片的演员，当她们裸裎的照片登在杂志上，我们仿佛看到一块肥腻的肉，却不见她们的心灵或面貌了。

一个人的职业、习气、心念、环境都会塑造他的长相和表情，这是人人都知道的，但像卖猫头鹰的人改变那么巨大而迅速，却仍然出乎我的预想。我的眼前闪过一串影像，卖猫头鹰者夜里去观察鹰的巢穴，白天去捕捉，回家做鹰的陷阱，连睡梦中都想着捕鹰的方法，心心念念在鹰的身上，到后来自己长成一只猫头鹰都已经不自觉了。

我从卖鹰者的面前走过，和他打招呼，他居然完全忘记我了，就如同白天的猫头鹰，眼睛茫然失神，他只是说："先生，要不要买一只猫头鹰，山上刚捉来的。"

这使我在后来的散步里，想起了三千年前瑜伽行者的一部经典《圣典博伽瓦谭》中所记载，巴拉达国王的故事。

巴拉达国王盛年的时候，弃绝了他的王后、家族，和广袤的王国，到森林里去，那是他相信古印度的经典，认为人应该把中年以后的岁月用于自觉。

他在森林中过着苦行生活，仅仅食用果子和根菜植物，每日专注地冥想，经过一段时间，他的自我从身中觉醒了过来。有一天他正在冥想，忽然看到一只母鹿到河边饮水，随着又听到不远处狮子的大吼，母鹿大吃一惊，正要逃跑的时候，一只小鹿从它的子宫堕下，跌入河中的急流里，母鹿害怕得全身颤抖，在流产之后死去了。

巴拉达眼看小鹿被冲向下游，动了恻隐之心，便从河里救起小鹿，把小鹿带到自己身边。他从此和小鹿一起睡觉、一起走路、一起洗澡、一起进食，他对待小鹿就如同对待自己的孩子，自己的心念完全系在小鹿身上。

有一天，小鹿不见了。巴拉达陷入了非常焦躁的意念里，担心着小鹿的安危就像失去了儿子一样，他完全无法冥思，因为想的都是小鹿，最后他忍不住启程去寻找小鹿，在黑暗森林里，他如痴如狂呼唤小鹿的名字，他终于不小心跌倒了，受了重伤，就在他临终的时候，小鹿突然出现在他的身边，就像爱子看着父亲一样看着他，就这样，巴拉达的心念和精神全部集中在小鹿身上，他下次醒来的时候，发现自己成为一头鹿，这已经是他的下一世了。

这是瑜伽对于意念的看法，意念不仅对容貌有着影响，巴拉达因疼爱小鹿，都因而沉进了轮回的转动，那么，捕捉贩售猫头鹰的人，长相日益变成猫头鹰又有什么奇怪呢？

和朋友谈起猫头鹰人长相变异的故事，朋友说："其实，变的不只是卖鹰的人，你对人的观照也改变了。卖鹰者的长相本来就是那样子，只是习气与生活的濡染改变了他的神色和气质罢了。我们从前没有透过内省，不能见到他的真面目，当我们的内心清明如镜，就能从他的外貌进而进入他的神色和气质了。"

难道，我也改变了吗？

在这个世界上，我们意念都如在森林中的小鹿，迷乱地跳跃与奔跑，这纷乱的念头固然值得担忧，总还不偏离人的道路。一旦我们的意念顺着轨道往偏邪的道路如火车开去，出发的时候好像没有什么，走远了，就难以回头了。所以，向前走的时候每天反顾一下，看看自我意念的轨道是多么重要呀！

我们不止要常常擦拭自己的心灵之镜，来照见世间的真相；也要常常照照镜子，看看自己的长相与昨日的不同；更要照心灵之镜，才不会走向偏邪的道路。卖猫头鹰的人每天面对猫头鹰，就像在照镜子，我们面对自己俗恶的习气，何尝不是在照镜子呢？

想到这里，有一个人与我错身而过，我闻到栗子的芳香从他身上溢出，抬头一看，果然是天天在街角卖糖炒栗子的小贩。

7. 掌中宝玉

一位想要学习玉石鉴定的青年，听说在远处有一位年老的玉石家，他就不远千里地去向老师傅学艺。

当他见到老师傅，说明了自己学玉的志向，希望有一天能像老师傅一样成为众人仰佩的专家。老师傅拿一块玉给他，叫他捏紧，然后开始给他上中国历史的课程，从三皇五帝夏商周开始讲，讲了几个小时，却一句也没有提到玉。

第二天他去上课，老师傅仍然交给他一块玉叫他捏紧，又继续讲中国历史，一句也不提玉的事。就这样，光是中国历史就讲了几个星期。接着，他向年轻人讲中国的风土人文、哲学思想，甚至生命情操，除了玉石的知识之外，老师傅几乎什么都讲授了。

而且，每天他都叫那个青年捏紧一块玉听课。

经过几个月以后，青年开始着急了，因为他想学的是玉，没有想到却学了一大堆无用的东西，有一天他终于鼓起勇气，希望向老师表明，请老师开始讲玉的学问。

他走进老师的房间，老师仍照往常一样交给他一块玉，叫他捏紧，正要开始谈天的时候，青年大叫起来："老师，您给我的这一块，不是玉！"老师笑起来说："你现在可以开始学玉了。"

这是一位收藏玉的朋友讲给我听的故事，有非常深刻的启示。对于学玉的人，要成为玉石专家，不能光是看石头本身，因为玉石与中国文化是不可分的，没有深厚的文化素养，不可能懂玉。所以老师不先教玉，而先做文化通识的教化，其次，进入玉的世界第一步，是分辨是不是玉，这种分辨不只是知识的累积，常常是直觉的反应。

如果我们把这个故事往人生推进，也可以找到许多深思的角度，一是学习任何事物而成为专家都不是容易的事，必须经过很长时期的训练。二是在成为专家之前，需要通识教育，如果作为中国专家，就要先对历史、人文、哲学、思想、性格有基本的识见，否则光是懂一些普通技术有何意义？三是成为专家的第一步，应该有基本的判断，有是非之观、明义利之辨、有善恶之分，就如同掌中的宝玉，凭着直觉就知道为与不为，这才可以说是进入知识分子的第一步了。

这世界上任何有价值的智能，都不是老师可以一一传授的，完全要依靠自己的体会，老师能教给我们宝玉，能不能分辨宝玉却要靠自己，那是由于宝玉不仅在掌中，也在心中。

每个人的心灵里都有一块宝玉，只是没有被开发，大部分的人不开发自己的宝玉，却羡慕别人手上的玉，就如同一只手隐藏了原有的玉，又伸手向别人要宝物一样，最后就失去了理想的远景和心灵的壮怀了。

所以，每天把自己的玉捏一捏，久而久之，不但能肯定自己的价值，也能发现别人的美质，甚至看见整个世界都有着玉石与琉璃的质感。

8. 老实镜

"魔镜！魔镜！告诉我谁是世界上最美丽的人？"

"皇后，你是世界上最美丽的人。"镜子回答了皇后。

皇后非常高兴地顾盼自己的姿容，感到十分满意。她很爱照镜子，因为这一面会说话的镜子总是告诉她，她是天下第一美人。

有一天清晨，皇后又走到镜子前面问道："魔镜！魔镜！谁是世界上最美丽的女人？"

"皇后！你虽然非常美丽，但这世界上有一个人比你更美丽，她就是公主。"

原来，前任皇后所生肌肤如白雪的公主已经长到十岁了，她的美犹如光耀的明月，远远超过她的后母。

皇后听了就像被嫉妒的烈火焚烧，一点也不能面对这样的事实——不能容忍世界上有人比她更美，可惜的是，她无法使自己变得更美，只好下决心除掉白雪公主。她吩咐卫士把白雪公主在森林杀害，割下公主的舌头和心来交给她。

卫士看到白雪公主的善良与美丽不忍下手，就刺杀了一头小鹿，把鹿的舌头和心带回来复命。皇后把舌头和心切片吃掉了，一边吃一边得意地想："我是这世界上最美丽的人了！"

这是童话"白雪公主"的开头，后来，皇后的计谋没有得逞，她永远没有成为世上最美的人，而白雪公主却由于皇后的嗔怒度过一个惊险的旅程。这是一个多么动人的启示，一是真正的美丽总是与善良结合的，因为美丽是从心而起。一是真实地面对自我是多么难呀！

我想，在这个世界上，大多数人照镜子的时候，通常会承认世界上有比我们更美丽的人，像皇后如此丧心病狂的人到底是少数。但是知悉世界上有比我们美丽、优秀、聪明、杰出、幸福、有智慧的人，大部分人的反应还是可以分成两个大类，一是恶意的轻蔑，二是善意的赞赏。

喜欢恶意轻蔑别人的，如果告诉他某人长得非常美丽，他的反应总是："可惜脑筋太笨了，而且我就是不喜欢那种又挺又直的鼻子。"如果告诉他某人很有学问，他的反应又是："当然了，长那么丑，比别人更有时间做学问，所以学问好。"他难得有看上眼的人，即使告诉他某一棵树长得很好，他也会说："好是好，可惜叶子太茂盛了，我喜欢枯瘦一点的树。"

为什么会恶意轻蔑别人呢？其实他一点也不比别人出色，原因就在于他照镜子时只看见自己，希望世界上没有人比他出色，他虽没有皇后那样阴狠，却继承了皇后的血统。

喜欢善意赞赏别人的就不同了，他看见别人的美丽总能欣赏，看到别人成功则用力鼓掌，他时时以欢喜的心来面对世界。那是因为照镜子的时候，他有一个广大的心胸，知道世界的美丽就如同自己的美丽一样，因此能以美丽的心生活，他认识自己的缺点并且更能欣赏别人的优点。

这世界上没有会说话的镜子，"白雪公主"故事中的那面魔镜，其实就是心镜的象征，我们自心的镜子也可以说是"老实镜"。那些常常恶意轻蔑别人，不肯承认别人优点的人，并非真不知道自己的缺失，只是照镜子的时候不肯老实承认罢了。

可叹的是，在我们轻蔑别人时，不但不能提高自己的身价，反而污染了自己的心性（面对自我的镜子不老实）。反之，当我们赞赏别人时，自己的身价也不会贬低，又洗清了自己的心性（认识本来面目）。

为什么我们不选择做一个常常欣赏别人的人呢？

我们对外在事物的一切反应都与我们的心性相映，心性光明温和的人，他所见到的世界与心性阴暗偏激的人见到的世界完全不同，因此，只有开启光明的内在，才能使我们有喜悦的生活。

在生活里更重要的不是问自己有多美丽，而是要问："我的镜子老不老实？""我能不能面对老实的镜子呢？"寒山子有一首诗我很喜欢："吾心似秋月，碧潭清皎洁；无物堪比伦，叫我如何说？"如果一个人有清澈如秋月的心，这世界上有什么可以相比呢？而要有

"秋月之心"，只有从老实照镜开始。

有一次，大珠禅师的弟子问他："什么是正？"他说："心逐物为邪，物从心为正。"是的，照镜子的时候老想与别人较量，追逐外境，就会走向偏邪的道路，如果一切回归自己，使万物成为心的映照，自我不为所动，这才是智慧正确的方向。

假若能有一面清明的镜子，我们就会发现世界多么美丽而值得欣赏，每一个人都有美的质地，每一朵花都有优雅的风姿，每一棵树都有卓然的性格……

拥有了清明的镜子，如果有一天我们像皇后一样问："谁是世界上最美丽的人？"

镜子说："这世界上有很多比你美丽的人。"

这时我们会高兴地说："多么好呀！幸好这世界有很多美丽的人，否则这是多么乏味的世界！"

就像伟大的禅师傅大士说的："清净心智，如世万金；般若法藏，并在身心。"一个人有清净的心智真是胜过世上的万两黄金呀！

心田上的百合花

我要开花，是因为我知道自己有美丽的花

我要开花，是为了完成作为一株花的庄严生命

我要开花，是由于自己喜欢以花来证明自己的存在

1. 野生兰花

万华龙山寺附近，看到几位山地青年在卖兰花。

他们的兰花不像一般花市种在花盆里的那么娇贵，而是随意用干草捆扎，一束束躺在地上。有位青年告诉我，这是他们昨日在东部的山谷中采来的兰花，有许多是冒着生命危险采自断崖与石壁。

"虽然采来很不容易，价钱还是很便宜的啦！"青年说。

"可是这从山里采来的兰花，要怎么种呢？"我看到地上的兰草有些干萎，忍不住这样问。

"没关系的啦，随便找个盆子种都会活。我们在山里随便拿个宝特汽水瓶种都会活的呢！"旁边一位眼睛巨大黑白分明的青年插嘴道。

"对了，对了。山上的兰花长在深谷里、大石边、巨树上，随便长随便活呢！"原先的青年说。山地人说国语的声调轻扬，真是好听。尤其是说"随便随便"的时候。

我买了一束兰花回来，一共有五株，不管三七二十一把它种在阳台的空盆里，奇迹似的，它们真的就那样活起来。

这倒使我思考到一些从未想过的问题，从前一直以为兰花是天生的娇贵，它要用特别的盆子，要小心翼翼地照顾，价钱还十分高昂，因此平常人家种盆栽，很少想到养兰花。现在知道兰花原来是深山中生长的花草，心中反倒有一些怅然，我们对兰花娇贵的认知，何尝不是一种知识的执着呢？

看着自己种植的野生兰花，使我想起自己非常喜爱的书画家郑板桥。郑板桥在画史上以画兰竹驰名，他性格耿介，与"扬州八怪"同时，是清朝艺术史上的明星，他有一次看见自己种在盆中的兰花长得很憔悴，有"思归之色"，就打破花盆，把兰花种在太湖石边，第二年兰花"发箭数十挺"，果然长得十分茂盛，花开得比从前更多，香味比往昔坚厚，他不禁题诗道：

兰花本是山中草，

还向山中种此花；

尘世纷纷植盆盎，

不如留与伴烟霞。

直到我种了野生的兰花，才稍稍体会了板桥写此诗的心情，他这是用来自况，不愿意在山东当七品官，希望回到自己的家乡与烟霞为伴。

郑板桥留下许多兰画，他的兰花与一般画家所画不同，他常把兰花与荆棘画在一起，认为荆棘也是一样的美，用以象征君子与小人杂处的感叹。晚年的时候，他爱画破盆的兰花，有一幅画他这样题着：

春雨春风洗妙颜，

一辞琼岛到人间；

而今究竟无知己，

打破乌盆更入山。

用来表白心中渴望辞去官职追求自由的志向，但也说明了兰花本身的遭遇。从琼岛来到人间的兰花，虽种在细心照顾的盆中却失去了山中的许多知己呀！

一个人本来自然活在世间，没有什么欲望，但当他过惯了娇贵的生活，就如同生在盆里的兰花，会失去很多自由，失去很多知己，所以人宁可像野生的兰花，活在巨石之缝、高山之顶、幽谷深处与烟霞做伴。这是自由与自在的追求，正如郑板桥最流行的一幅字所说："难得糊涂：聪明难，糊涂难，由聪明转入糊涂更难；放一着，退一步，当下心安，非图后来福报也。"

我最喜欢郑板桥写给儿子的四首儿歌：

二月卖新丝，五月粜新谷。医得眼前疮，剜却心头肉。

耕苗日正午，汗滴禾下土。谁知盘中餐，粒粒皆辛苦。

昨日入城市，归来泪满巾。遍身罗绮者，不是养蚕人。

九九八十一，穷汉受罪毕。才得放脚眠，蚊虫葛蚤出。

这歌中充满了大悲与大爱，真如深谷中幽兰的芳香，无怪乎当他被富人杯葛，离开潍县县令的任所时，百姓跪在道旁流着眼泪送他辞官归里。郑板桥终于回到家乡，像一株盆中的兰花回到山林，他晚年的书画为中国写下了光灿灿的一页。

我不是很喜欢兰花，因为感觉到它已沦为富者的玩物，但一想到山间林野的兰花丛时，就格外感知了为什么古来中国文人常把兰花当成知己的缘由。名士与名兰往往会沦为官富人家酬酢的玩物，尽管性格高旷，玉洁冰清，也只能在盆里吐放香气，这样想起来就觉得有无限的悲情。

从山地青年手里买来的野生兰花，几个月后终于枯萎了，一直到今天我还不确知原因，却仿佛听见了板桥先生的足声从很远的地方走近，又走远了。

"因为稻子长大，我们就不必买米了，要煮饭的时候，自己摘来煮就好了。"孩子充满期盼地说，就仿佛自己种的稻子已经长成。

"要种在哪里呢？"我说。

"我们家不是有很多空花盆吗？把稻子种在里面就行了呀！"

我只好告诉他，种稻子是很艰难的工作，可不比种一般的盆景，要有一定的水土，还要有非常耐心的照顾，我们是无法在花盆里种稻子的。

"那么，我们种牵牛花吧！牵牛花也很美！"孩子说。

有一次，我们就摘了很多牵牛花的藤蔓，回去种在花盆，可惜不久后就都枯萎了。孩子很纳闷，说："为什么在野外，它们长得那么好，我们每天浇水，反而长不出来呢？"

后来我们挖了一些酢浆草回家，酢浆草很快就长得很茂盛，可惜过了花期，开不出紫色的小花，我对孩子说：等到明年，这些酢浆草就会开出很美丽的花。

在孩子的眼中，什么都是美丽的，连山上的野草也不例外，我们第一次上山的时候，他简直惊叹极了，即使是夏秋之交，山上的野草也十分繁盛，就好像是春天一样。尤其是在夕阳之下、微风之中，每一株小草都仿佛是在金黄色的舞台上跳舞，它们是那么苗条而坚韧，在一种睥睨的态势看着脚下的世界。从远景看，野草连成一片，像丝绒一般柔软而温暖。

孩子看着这些草，禁不住出神地说："爸爸，我们带一点草回去种好吗？"

听到这句话时，我略微一震，"种草？"对一个出生在农家的我，这是多么新奇而带点荒唐的想法，我们在田里唯恐除草不尽，就是在花盆里也常常把草拔除，这孩子居然想到种一盆草！

孩子看我无动于衷，用力拉着我的手，说："爸爸，你不觉得草也和花一样美吗？如果能种一盆草放在阳台，它就好像在山上一样。"

孩子的话立刻使我想到自己的粗鄙，花草本身没有美丑，只因为我心里有了区别，才觉得草不如花。若我能把观点回到赤子，草不也是大地的孩子，和一切的花同样美丽吗？于是我说："好吧！我们来种一盆草。"

种草就不必像种花那么费事，我们在山上采草茎上成熟的种子，草种通常十分细小，像是海边的沙子，可是因为数量很多，一下子就采了一口袋。回到家里，我们把一些曾种过花而死去的空花盆找来，一把把的草种撒在上面，浇一点水，工程很快就完成了。孩子高兴得要命，他的快乐比起从花市里买花回来种还要大得多。

一星期后，每一个花盆都长出细细绒绒的草尖，没有经过风沙的小草有一种纯净的淡绿，有如透明的绿水晶，而且株株头角峥嵘，一点也不忸怩作态，理直气壮地面对这个与它的祖先完全不同的人世。

孩子天天都去看他亲手植种的绿草，那草很快地长满整个花盆，比阳台上的任何一盆花还要茂盛，我们有时把草端到屋内的桌上，看起来真的一点也不比名花逊色。看着一盆盆的野草，我有时会想起我们这些从乡野移居到城市讨生活的人，尽管我们适应了盆里的生活，其实并未改变来自乡野的姿色，而所有的都市人，他们或他们的祖先，不都是来自乡野吗？只是有的人成了名花，忘记自己的所在罢了。这样想时，常使我有一种深深的慨叹。

所有的名花都曾是乡野的小草，即使是最珍贵的兰花，也是从高山谷地移植而来，而那名不闻世的野草，如果我们有清明的心来看，不也和名花无殊吗？

自然的本身是平等无二的，在乡野的山谷，我们看见了自然的宏伟；在小小的花盆里，不也充满了生命的神奇吗？

2. 心田上的百合花

在一个偏僻遥远的山谷里，有一个高达数千尺的断崖。不知道什么时候，断崖边上长出了一株小小的百合。

一开始百合刚刚诞生的时候，长得和杂草一模一样。但是，它心里知道自己并不是一株野草。它的内心深处，有一个内在的纯洁的念头："我是一株百合，不是一株野草。唯一能证明我是百合的方法，就是开出美丽的花朵。"

有了这个念头，百合努力地吸收水分和阳光，深深地扎根，直立地挺着小小的胸膛。终于在一个春天的清晨，百合的顶部结出了第一个花苞。

百合心里很高兴，附近的杂草却很不屑，它们在私底下嘲笑着百合："这家伙明明是一株草，偏偏说自己是一株花，还真以为自己是一株花，我看它顶上结的不是花苞，而是头脑长瘤了。"

公开场合，它们则讥讽百合："你不要做梦了，即使你真的会开花，在这荒郊野外，你的价值还不是跟我们一样？"偶尔也有飞过的蜂蝶鸟雀，它们也会劝百合不用那么努力开花："在这断崖边上，纵然开出世界上最美的花，也不会有人来欣赏啊！"百合说："我要开花，是因为我知道自己有美丽的花；我要开花，是为了完成作为一株花的庄严生命；我要开花，是由于自己喜欢以花来证明自己的存在。不管有没有人欣赏，不管你们怎么看我，我都要开花！"

众多不屑、讥讽鄙夷声里，野百合努力地释放内心的能量。有一天，它终于开花了。它那灵性的洁白和秀挺的风姿，成为断崖上最美丽的风景。这时候，野草与蜂蝶再也不敢嘲笑它了。百合花一朵一朵地盛开着，花朵上每天都有晶莹的水珠，野草们以为那是昨夜的露水，只有百合自己知道，那是极深沉的欢喜所结的泪珠。

年年春天，野百合努力地开花、结籽。它的种子随着风飘扬，落在山谷、草原和悬崖边上，到处都开满洁白的野百合。几十年后，远在百里外的人，从城市、从乡村，千里迢迢赶来欣赏百合开花。许多孩童跪下来，闻着百合花的芬芳；许多情侣互相拥抱，许下了"百年好合"的誓言。无数的人看到这从未见过的美景，感动得落泪，触动内心那纯净温柔的一角。后来，那里被人称为"百合谷地"。

不管别人怎么欣赏、称赞，满山的百合花都谨记着第一株百合的教导："我们要全心全意默默地开花，以花来证明自己的存在。"

在飞舞与飘落之间，在绚丽与平淡之间，在跃动与平静之间，大部分人为了保命，
压抑、隐藏、包覆、遮掩了内在美丽的蝴蝶，拟态为一片枯叶。

3. 枯叶蝶的最后归宿

不要只爱青翠的树枝

树枝是会断落的

要爱整棵树

这样就会

爱青翠的树枝

甚至飘落的叶

凋零的花

秋日在林间散步，无意地走进一片人迹杳见的阔叶林中，满地铺满了厚厚的落叶，黑的、褐的、灰的、咖啡的，以及刚刚落下的黄的、红的、绿的叶片，在夕阳的光照里，形成了一片绵延的泼墨彩画。

树叶虽然凋零了，却自始至终都是如此美丽。

那彩叶，使我忍不住坐在一个枝头上，轻轻地赞叹。

突然看见，一片枯叶在层层叶片蠕动着。

凝视，才知道是一只枯叶蝶。

枯叶蝶是在枯叶堆中寻找什么呢？这个念头使我感到兴味盎然，静静地观看。没有想到，枯叶蝶就在这个时候颓倒，抽搐了几下，不动了。

枯叶蝶竟然就这样死去了。这一生都在形塑自己成为一片枯叶的蝴蝶，最后真的化为一片枯叶。如果不是我亲眼看见，相信无人能在一大片枯叶里，寻找出一只蝴蝶的尸身。

我把枯萎的蝴蝶捧在手上，思及枯叶蝶是一生站立或者飞翔在枯叶与蝴蝶的界限上。如果说它是执着于枯叶，那是对的，否则它为什么从形状、颜色、姿势都形成一片叶子；如果说它是执着于蝴蝶的生命，那也是对的，拟态枯叶只是为了保护它内在的那一只蝴蝶。

如今，它终于打破界限了，它终于放下执着了，它还原，而且完整了。

我们谁不是站立在某一个界限上呢？很少有人是全然的，从左边看也许是枯叶的，右边看却是蝴蝶；从飞翔时是一只蝴蝶，落地时却是枯叶。

在飞舞与飘落之间，在绚丽与平淡之间，在跃动与平静之间，大部分人为了保命，压抑、隐藏、包覆、遮掩了内在美丽的蝴蝶，拟态为一片枯叶。

最后时刻来临，众人走过森林，只见枯叶满地，无人看见蝴蝶。

禅行者一旦唤醒内心的蝴蝶，创造了飞翔的意志，就不再停止飞行，不再压迫内在的美丽。他会张开双眼看灿烂的夕阳，他会大声念诵十四行诗，他会侧耳倾听繁花的歌唱，他会全身心进入一朵玉兰花香。

最后，或许也会颓倒在一片枯叶林间。

他内心的蝴蝶却与初生时，一样美丽。

如果内心的蝴蝶从未苏醒，枯叶蝶的一生，也只不过是一片无言的枯叶！

4. 木瓜树的选择

　　路过市场，偶然看到一棵木瓜树苗，长在水沟里，依靠水沟底部一点点烂泥生活。

　　这使我感到惊奇，一点点烂泥如何能让木瓜树苗长到腰部的高度呢？木瓜是浅根的植物，又怎么能在水沟里不被冲走呢？

　　我随即想到夏季即将来临，届时会有许多的台风与豪雨，木瓜树若被冲入河里，流到海上，就必死无疑了。

　　我看到木瓜树苗并不担心这些，它依靠烂泥和市场排放的污水，依然长得翠绿而挺拔。

　　生起了恻隐之心，我想到了顶楼的花园里，还有一个空间，那是一个向阳的角落，又有着来自阳明山的有机土，如果把木瓜树苗移植到那里，一定会比长在水沟更好，木瓜树有知，也会欢喜吧！

　　向市场摊贩要了塑胶袋，把木瓜和烂泥一起放在袋里，回家种植，看到有茶花与杜鹃为伴的木瓜树，心里感到美好，并想到日后果实累累的情景。

万万想不到的是，木瓜树没有预期生长得好，反而一天比一天垂头丧气，两个星期之后，终于完全地枯萎了。

把木瓜苗从花园拔除的时候，我的内心感到无比怅然，对于生长在农家的我，每一株植物的枯萎都会使我怅然，只是这木瓜树更不同，如果我不将它移植，它依然在市场边，挺拔而翠绿。

在夕阳照抚的院子，我喝着野生苦瓜泡的茶，看着满园繁盛的花木，心里不禁感到疑惑：为什么木瓜苗宁愿生于污泥里，也不愿存活在美丽的花园呢？是不是当污浊成为生命的习惯之后，美丽的阳光、松软的泥土、澄清的饮水，反而成为生命的负荷呢？

就像有几次，在繁华街市的暗巷里，我不小心遇到一些吸毒者。他们弓曲在阴暗的角落，全身的细胞都散发出颓废，用迷离而失去焦点的眼睛看着世界。

我总会有一种冲动，想跑过去拍拍他们的肩膀，告诉他们："这世界有灿烂的阳光，这世界有美丽的花园，这世界有值得追寻的爱，这世界有可以为之奋斗、为之奉献的事物。"

随即，我就看到自己的荒谬了，因为对一个吸毒者，污浊已成为生命的习惯，颓废已成为生活的姿态，几乎不可能改变。不要说是吸毒者，像在日本的大都市，有无数自弃于人生、宁可流浪于街头的"浮浪者"，当他们完全地自弃时，生命就再也不可能挽回了。

"浮浪者"不是"吸毒者"，却具有相同的部分，吸毒者吸食有形的毒品，受毒品所宰制；浮浪者吸食无形的毒品，受颓废所宰制，他们放弃了心灵之路，正如一棵以血水污水维生的木瓜苗，忘记了这世界有美丽的花园。

恐惧堕落与恐惧提升虽然都是恐惧，却带来了不同的选择，恐惧堕落的人心里会有一个祝愿，希望自己有一天能抵达繁花盛开的花园，住在那花园里的人都有着阳光的品质，有很深刻的爱、很清明的心灵，懂得温柔而善于感动，欣赏一切美好的事物。

一粒木瓜的种子，偶然掉落在市场的水沟边，那是不可预测的因缘，可是从水沟到花园之路，如果有选择，就有美好的可能。

一个人，偶然投生尘世，也是不可预测的因缘，我们或者有不够好的身世，或者有贫穷的童年，或者有艰困的生活，或者陷落于情爱的折磨……像是在水沟烂泥的木瓜树，但我们只要知道，这世界有美丽的花园，我们的心就会有很坚强很真切的愿望：我是为了抵达那善美的花园而投生此世。

万一，我们终其一生都无法抵达那终极的梦土，我们是不是可以一直保持对蓝天、阳光与繁花的仰望呢？

5.生活的回香

　　我们所经验过的美好事物，其实都被卷存典藏着，一
旦打开了，就从记忆中遥不可知的角落飘回来。

　　朋友来接我到基隆演讲，由于演讲时间定在下午一点，我们都
来不及吃饭。"我们到极乐寺吃饭吧！寺庙的饭菜最好吃、最卫生，
师父也最亲切。"朋友说。

　　我说："这样不好意思吧。"

　　朋友说："不会，不会，我在极乐寺做义工很多年了，与师父们
很熟，只要寺里的师父有事叫我，我都义不容辞，偶尔去叨扰一顿
斋饭，不要紧的。何况帮我们开车的师兄也是寺里的长期义工呢！"

　　于是，朋友用行动电话通知寺里的知客师父：我们一共有三人，
大约二十分钟到极乐寺，请师父准备素斋一席。

　　等我们到极乐寺，热腾腾七道菜的素菜已经准备好了，我们没

我曾经走入盛开着小黄花的茴香田里，对着那漫天飞舞的黄花绿叶，
深深地呼吸，妄图把茴香的香气储存在胸臆。

什么客套，坐下就吃。

佛光山派下寺院的素菜好吃是远近驰名的，那是因为星云大师对素菜很内行，加上典座师父个个巧手慧心的缘故。但是今天有一道菜还是令我大感意外，就是师父炒了一大盘的茴香。

茴香是我在南部家乡常吃的青菜，在我们乡下称之为"客家人的芜荽"，因为客家人喜以茴香做菜之故。自从到台北就再也没吃过茴香了，如今见到茴香的样子，闻到茴香的气味，竟有说不出的感动。

一般人都知道茴香的种子可以作香料、作卤味，却很少人知道茴香的叶子做菜是人间之际的美味。茴香是多年生草本植物，可以长到与人等高，它的叶片巨大，散开成丝状，就仿佛是空中爆开的烟火。

茴香从根、茎、叶、花到种籽都有浓烈的香气，食用的时候采其嫩叶，或炒成青菜，或做汤的香菜，或沾面粉油炸成饼，都会令人吃过即永不能忘。

在寺庙吃饭，不事交谈，因此我独自细细品味茴香的滋味，好像回到了童年。每当母亲炒茴香的时候，茴香的香气就会从灶间飘过厅堂、飞过庭院、飞进我们写字的北边厢房。

童年的时光不再，茴香的气息也逐渐淡了，万万想不到在极乐寺偶然的午斋，还能吃到淡忘的童年之味。我曾经走入盛开着小黄花的茴香田里，对着那漫天飞舞的黄花绿叶，深深地呼吸，妄图把茴香的香气储存在胸臆。此刻，那储藏的香气整片被唤醒了。

生活不也是如此吗？我们所经验过的美好事物，其实都是永不失去的，只是被卷存典藏着，一旦打开了，就会在记忆中回香，从遥远不可知的角落飘回来。

我们生命里，早就种了许多"回香树"，等待因缘的摘取吧。

我们没什么客套，吃完对师父合十致谢，就走了。

知客师父送我们到前廊，合掌道别说："以后有什么需要，尽管到寺里来。"

在奔赴演讲场地的路上，我的心里有被熨平的感觉，不只是寺里的茴香菜产生的作用，那样清澈的人与人之间的情谊更使我动容。

其实，处处都有回香树。

6. 绝望中还向前跑

在美国南方，有一个黑人小女孩，出生在非常贫穷的家庭，有十二个兄弟姐妹，父亲早就去世了，由母亲独自抚养这十二个小孩。

更不幸的是，这个小女孩得了严重的小儿麻痹症，只能由兄弟姐妹轮流背着，背累了，就把她放在手推车上推来推去。

这样的小孩子，几乎是没有任何希望的，她唯一的希望是"能走路，能和兄弟姐妹们一起跑、做游戏"。

但是，她连站都站不起来，而且，连上医院的钱都没有。

有一天，小女孩的妈妈听说所在城里有医生来义诊，妈妈开了一部破旧的面包车，载着小女孩，开了三天三夜的车，一路上都是碎石和尘土。

好不容易到了城里，找到医生，妈妈问："您能治好我的女儿吗？"

医生答应为小女孩想想办法，他说："我们可以用木杖给她做支撑。"

妈妈说："谢谢您，但我的女儿不需要支架，您能治好她，让她自己走路吗？她太渴望走路了。"

医生说："恐怕不行，她的症状太严重了，肌肉也萎缩了，她永远也不可能走路。"

小女孩的妈妈很失望，小女孩更失望。但她们拒绝这种宣判，医生的话激起了她们的决心。

回到家，妈妈听从邻居的建议，每天给她泡药浴，给她按摩，复健，并且每天祷告。

半年后，医生又要到城里义诊，妈妈再度载着小女孩开了三天三夜的车去找医生。妈妈说："我每天帮她复健，她已经有起色了，肌肉也强多了，请你再帮她检查。"

医生感到不悦，但基于同情，这位善心的医生再次为女孩检查了一次，然后表情严肃地对妈妈说："夫人，我已经告诉过你，她永远也不可能再好了。如果你不要做梦，这会对你有帮助的。"

医生的话差点就打倒了母亲和小女孩，但她们尚不死心，她们真是完全不可理喻地"只想站起来，向前走"，继续泡澡，复健，按摩，每天祷告。

几年后，小女孩站起来走路。不久，她还学会了跑步。

她跑着跑着，就跑赢了她的兄弟姐妹。

她跑着跑着，就跑到世界上没有一个女人能追得上她。

她在1960年的奥运会赢得了四枚田径金牌。

她的名字叫威尔玛·鲁道夫。

能走出生命中的黑暗隧道，就有机会看到尽头的阳光

威尔玛·鲁道夫的妈妈那样把一个看不到希望的孩子，抱着最单纯的坚持，走到了无人超越的地方。

我很喜欢威尔玛·鲁道夫的故事，她的故事早已成为一个传奇。在美国常被社工人员拿来帮助贫民区的黑人青少年——如果威尔玛·鲁道夫都可以从不能站立，到最后拿下奥运金牌，我们还有什么可以拿来作为不向前的借口？

每次，当我们决定退回一个不超越自我的界线，我们就会有许多的借口，借口则正好是梦想和希望的毒药。

我想到历史上两位最伟大的旅行家：一位是玄奘，一位是哥伦布。

玄奘在长安的时候，就是很有才华的法师。他可以住在庄严的佛寺里，讲经说法，接受信徒的供养，以他的才情，或也可以留名青史；但是他选择横越沙漠，把自己的生死放在一边，到印度去取经，完成了一个空前的壮举。

哥伦布也是一样。如果他有平凡的理智，理智会告诉他，冬天坐在火炉边烤火，夏天在树林中散步，是多么舒适的事！但他不愿有借口，热情超越了理智的界线，冒险出海，才会发现在海洋另一边的新大陆。

他们不只完成了旅程，也完成了他们的人生；他们的伟大不只在事功，也在他们的追寻。

人生确实是一个旅行，玄奘与哥伦布都是把自己抛到绝境的人，威尔玛·鲁道夫则是天生处在绝境的人；不论是自愿的，或是被动的绝境，只要信念坚定、勇敢向前，就会有机会走出生命长长的黑暗隧道，最少也有机会看到隧道尽头的阳光。

我们会遭遇失败，正如我们也有机会成功；我们会步下舞台，正如我们也有上台的机会。

成败与境遇都并不是真正的我，都只是我们身上穿的戏服。如果想要脱去衣衫褴褛的戏服，就要好好地锻炼演技，很快便能换一套光鲜的戏服。

对一个真正的好演员，他什么戏服都可以穿！九优十丐不以为贱，将相王侯不以为贵，因为一切是浮云一般，再璀璨的云也可能飘走，而有出岫的时刻！

7. 慢速球进垒

我深信

在奔驰急速的时间中

我们可以调慢速度

看见生命的慢板

犹如看见时速百公里的棒球

以慢速球进垒

挥棒击中

极限的突破来自一点点天资和大部分苦练

我曾经问过一个优秀的棒球打击手："投手的球速都在时速一百公里以上，如何能打中那么快速的球呢？"

在我看来，那几乎是不可思议的。

他的回答出乎我的意料："棒球的球速虽然在一百公里以上，但是如果进入真正的专注，投过来的球就像电影的慢动作一样，一旦能进入那最精确的状态，小小的球也像放大了好几倍，打中并不是难事。"

这简直是超能力。

他说："这不是超能力，而是突破了某种极限，极限的突破是来自一点点的天资和绝大部分的苦练。"

那出身体育学院的棒球手告诉我，他认识好多体育好手，到后来都有超凡的能力，高尔夫好手眼中的小洞比一般人眼见的大得多；射击好手在飞靶弹出时，看起来是慢速的；乒乓球选手，心手相连，凭着反射的直觉打球；射箭好手所见的红心，比凡眼看到的更大……

这真是神奇的说法，不只是体育，智育也会有如此神奇的境界吧！科学家从原子、核子、粒子、质子、中子……一路上看见那更细于微尘的结构；细小，在他们的眼中是巨大。生命学家从细胞组织到基因排序，解开了生命的许多谜题，宇宙纷乱，在他们的研究里却是秩序井然。

画家在颜色中的天赋与钻研，使他们能分辨出一百种以上的色彩，绿中有绿，红中有红，是平常人看不见的。

音乐家听见花开的声音、阳光的声音、天堂的声音、情人内心的声音，声外有声，音外有音，所有的音声混合成为天籁。

人类学家、古生物学家能进入千万年以前的生活，宗教家、神学家能进入三十三天之外。

……

一个平常人如果能往上一跃，就可能突破那个界限，就会有超凡的能力。我曾见过一个包饺子的人，一分钟可以包三十个水饺；我曾见过一个保姆，不论什么孩子，在她的怀中都会立刻止住哭泣；我曾见过一位狗训练师，无论什么狗，他都可以立刻让它坐下。

人人都有超能力，超能力来自极限、极深的泉源。

释迦牟尼佛见到了圆满无瑕的佛性，指陈了人人都具佛性的真理。

哥白尼看见了更广阔的宇宙景象，揭示了真实，让更多的人了解宇宙。

哥伦布深信在遥远的地方有新世界，航向汪洋，终于发现新大陆。

贝多芬在双耳失聪，进入完全寂静的内心世界，才写出最伟大的乐章。

米尔顿双目失明，进入完全黑暗的内心世界，才创作出最伟大的诗篇。

进入深刻专注的那一刻

我深信，在奔驰急速的时间中，我们可以调慢速度，看见生命的慢板，犹如看见时速百公里的棒球以慢速进垒，挥棒击中。

我也深信，在我们眼见的世界之外，我们还能怀抱着新世界的理想，还有无形的优美景象，因为心灵世界无穷，世界也就无穷。

我更深信，只要从今天开始，调整时空的思维与视角，明日必将完全不同。

我愿，今天就是创世纪的一天！

"理想的力量是无法估计的。一滴水，我们看不出它的力量，如果把它滴入石缝而结冰，就足可以把石头撑裂；如果化作蒸汽，就足以推动最强大的蒸汽机。这是因为隐藏在里面的力量被激发了出来。"——史怀哲如是说。

一滴水的水性不变，压扁了，利如钻刀，能切割最坚硬的大理石；凝固了，硬如钢石，能裂开最顽固的石块；化为汽，迅如奔马，能冲开滚动，创造最强的能源。

水性不变，但水变了。

那隐居于我们内心深处的心灵，不也是这样吗？

意念流动不定，我要凝固它，进入更深刻的专注。

妄想漂流不止，我要静定它，进入更平和的状态。

烦恼热火不息，我要清凉它，进入更无为的境界。

水非水，我非吾。在一个全新的片刻，我不随球或球棒，我随心，那时，我会看见生命的慢速球进垒。

然后，我以全副的精神力挥棒。

红，不让！（日语：全垒打）

8. 一杯蜜是炼过几只蜂的

住处附近，有一家卖野蜂蜜的小店，夏日里我常到那里饮蜜茶，常觉在炎炎夏日喝一杯冰镇蜜茶，甘凉沁脾，是人生一乐。

今年我路过小店，冬蜜已经上市，喝了一杯蜜茶，付钱的时候才知道涨了一倍有余，我说："怎么这样贵，比去年涨了一倍。"照顾店面眉目清秀的初中小女生，讲得一口流利的好国语，马上应答道："不贵，不贵，一杯蜜是炼过几只蜂的。"

这句话令我大惑不解，惊问其故。小女生说："蜜蜂酿一滴蜜，要飞很远的地方，要采过很多花，有时候摘蜜，要飞遍一整座山头哩！还有，飞得那么远，说不定会迷路，说不定给小孩子捉了，说不定飞得疲倦，累死了。"听了这一番话，我欣然付钱，离开小店。

走回家的路上，我一直想着那位可爱的小女孩说的话，一任想象力奔飞，也许真是这样的，一杯在我们手中看起来不怎么样的蜜茶，是许多蜜蜂历经千辛万苦才采集得来，我们一口饮尽一杯蜜茶，正如饮下了几只蜜蜂的精魂。蜜蜂是一种奇怪的动物，它飞来飞去，历遍整座山头、整个草原，搜集了花的精华，一丝一丝酝酿，很可能一只蜜蜂的一生只能酿成一杯我们喝一口的蜜茶吧！

几年前，我居住在高雄县大岗山的佛寺里读书，山下就有许多养蜂人家，经常的寻访，使我对蜜蜂这种微小精致的动物有一点认识。养蜂的人经常上山采集蜂巢，他们在蜂巢中找到体形较大的蜂王，把它装在竹筒中，一霎时，一巢嗡嗡营营的蜜蜂都变得温驯听话了，跟在手执蜂王的养蜂人后面飞，一直飞到蜂箱里安居。

蜜蜂的这种行为是让人吃惊的，对于蜂王，它们是如此专情，在一旁护卫，假若蜂王死了，它们就一哄而散，连养蜂人都不得不佩服，但是养蜂人却利用了蜜蜂专情的弱点，驱使它们一生奔走去采花蜜——专情的人恐怕也有这样的弱点，任人驱使而不自知。

但是蜜蜂也不是绝对温驯的，外敌来犯，它们会群起而攻，毫不留情，问题是，每一只蜜蜂的腹里只有一根螫刺，那是它们生命的根本，一旦动用那根螫刺攻击了敌人，它们的生命很快也就完结了。用不用螫刺在蜜蜂是没有选择的，它明知会死，也要攻击。——有时，人也要面临这样的局面，选择生命而畏缩的人往往失败，宁螫而死的往往成功，因为人是有许多螫刺的。

养蜂的人告诉我，蜜蜂有时也有侵略性的，当所有的花蜜都采光的时候，急需蜂蜜来哺育的蜜蜂就会倾巢而出，到别的蜂巢去抢蜜，这时就会发生一场激烈的战斗，直到尸横遍野才分出胜负——

人何尝不是如此，仓廪实才知荣辱，衣食足才知礼仪。

为了应付无蜜的状况，养蜂人只好欺骗蜜蜂，用糖水来养蜜蜂，让它们吃了糖水来酿蜜，用来供应爱吃蜜的人们——再精明的蜜蜂都会上当，就像再聪明的人也会上当一样。蜜蜂是有社会性的群居动物，在某些德性上和人是很接近的，但是不管如何，蜜蜂是可爱的，它们为了寻找花中甘液，万苦不辞，里面确实有一些艺术的境界。在汲汲营营的世界里，究竟有多少人能为了追求甘美的人生理想而永不放弃呢？

旧时读过一则传说，其中有些精神与蜜蜂相似，那是记载在《辍耕录》里的传说："有年七八十老人，自愿舍身济众，绝不饮食，惟澡身啖蜜经月，便溺皆蜜，既死，国人殓以石棺，乃满用蜜浸之，镌年月于棺盖之；俟百年后启封，则成蜜剂，遇人折伤肢体，服少许，立愈，虽彼中也不多得，俗曰蜜人。"这个蜜人的传说不一定可信，但是一个人的牺牲在百年之后还能济助众人，可贵的不在他的尸体化成一帖蜜剂，而是他的精神借着蜜流传了下来。

蜜蜂虽不澡身，但是它每天啖蜜，让人们在夏季还能享受甘凉香醇的蜜茶，在啖蜜的过程，有许多蜜蜂要死去，未死的蜜蜂也要经过许多生命的熬炼，熬呀熬的才炼出一杯蜜茶，光是这样想，就够浪漫，够令人心动了。

在实际人生中也是如此，生命的过程原是平淡无奇，情感的追寻则是波涛万险，如何在平淡无奇波涛万险中酿出一滴滴的花蜜，这花蜜还能让人分享，还能流传，才算不枉此生。虽然炼蜜的过程一定是痛苦的，一定要飞过高山平野，一定要在好大的花中采好少的蜜，或许会疲累，或许会死亡。

可是痛苦算什么呢？每一杯蜂蜜都是炼过几只蜂的。

9. 绝境飞行

浮云之上还有浮云，
蓝天之上又有蓝天。

草原的奔马跑成小兔，
山涧的湖泊凝为泪珠。

南方吹来的风向我问讯：
"是否要返回故乡？"
我的故乡不在南方，
我的故乡在八方。

"为何要高飞九万里一意向南去？"
我只是要飞、想飞，不能不飞；

生命如果没有坚持，就没有美丽的颜色与优雅的样子。

我要飞，飞上最高层；

我想飞，飞向最远方；

我不能不飞，飞是我的存在。

我的存在是

飞而又飞、又飞、又飞……

一飞再飞，永远地飞……

传说印度有一种叫查塔卡的杜鹃，它只在雨天唱歌，只饮雨水为生。如果很久没下雨，查塔卡就会失去歌唱；如果更久没下雨，查塔卡就会集体死亡而消失。

我走在雨中的时候，常常会想起这种印度杜鹃，想到这个世界上不乏江河湖海，为什么查塔卡鸟不饮雨水就不能解渴？这个世界上也常有唱歌跳舞的情境，为什么查塔卡鸟只顾在雨中唱歌？

宇宙间有许多问题是无解的！就像熊猫只吃竹子，无尾熊只吃尤加利叶，蚕宝宝只吃桑叶，蛀虫只以木头为生……

说是演化，也无不可；但我却相信其中有一些难以思议的坚持：我就是喜欢在雨中歌唱，我就是只喝雨水，那又怎么样呢？

坚持走向完美，坚持做人间稀少的物种，就会带来两种完全不同的结果：一种是环境与情境的无法融通，走上死灭之路；一种是终究被发现了珍贵的内涵，被视为珍宝。

生命如果没有坚持，就没有美丽的颜色与优雅的样子

在我居住的地方不远，有一个著名的鲤鱼公园，公园的大湖养了许多名种锦鲤，身价非凡，想看这些鲤鱼还要买门票。看着硕大无比、色彩灿烂的鲤鱼在水中优游，对于有自由之思的人，是很大的享受。

不知何时，有人在湖里放生吴郭鱼、鲫鱼、黑鲤鱼。这些不美丽的、粗生贱长的土鱼，因为行动敏捷，什么都吃，抢走了大部分锦鲤的饲料。有许多锦鲤因为饥饿而死去，幸而存活的，连生养下一代的力气也失去了。

不到半年的时间，风云变色，湖里全是黑色的鱼，在四周巡航，几乎不放过一点食物。

有一天，我遇到公园管理员，他正拿着网子大肆捕捞那些黑色的鱼，他说："再不捉这些丑怪的鱼，美丽的鲤鱼就要绝种了。"

"那么，这些黑鱼要怎么处理？"

"一些送给朋友吃，其他的拿到市场去卖啰！"

我想，那些为了做功德而到市场来买鱼放生的人，万万也想不到，鱼的命运并没有任何改变。

捕捞黑鱼的工作整整一个月，湖中终于恢复了锦鲤的生机，那美丽、优雅、圆润的锦鲤在湖里优游，只食用上好的饲料和面包。

过了不久，又有人偷偷放生。

又过了不久，放生的鱼又被捞尽。

只有锦鲤，仿佛不会改变它那优雅的本色。

静观每隔一段时间就会上演的悲喜剧，总引起我的深思，我们是要坚持做美丽的锦鲤呢，还是做一只什么都吃，在烂泥中也能生存的吴郭鱼？

生命如果没有坚持，就没有美丽的颜色与优雅的样子；一旦失去美丽与优雅，锦鲤活着又有什么意义？

生命如果完全不坚持，在清水与烂泥中没有分别，身心一团漆黑，又住在漆黑的泥团中，生生死死又有何异？

一定要飞上最高的境界、最远的边际

在绝境中，锦鲤也可以学吴郭鱼，以极快的速度抢食残羹剩饭，也可以钻入泥中寻找那落地的残渣；但是，我认识的锦鲤似乎都不是如此，它们从一出生就坚持美丽与优雅，一直坚持到死。

有一次，管理员指着一条传说中身价百万的锦鲤给我看，说："你看，它的身价那么高，不只是花色美丽，摇头摆尾、顾盼之间，就是有王者的气象呀！"

正说到王者气象，几条小吴郭鱼就以迅雷之速，抢走王者口边的食物。

管理员摇头叹息："这些小偷，怎么抓也抓不完呀！"

虽然同游于一湖，锦鲤与黑鱼是多么不同，正如《庄子》里大鹏与蜩鸠的不同。

从前，在北海，有一种几千里大的鱼，叫作鲲，它变化成鸟，叫鹏，它的翅膀像垂天的云。

鹏每一年都会飞往南海，当它起飞的时候，水面会被激起三千里高，它会环着旋风高飞到九万里，日夜不停地飞，要六个月才会到南海。

夏蝉和斑鸠讥笑大鹏："我们奋力起飞，碰到榆树和枋树就停在树上，如果飞不到树上，那落到地面就是了，何必飞上九万里高空，再到南海去呢？"

鷃雀也讥笑大鹏："它将飞往哪里去呢？我腾跃起飞，最多飞到几丈高就落下来，在蓬草与蒿草之间飞舞，我觉得这就是飞翔的最高境界了，那只大鹏，它还想到哪里去呢？"

大鹏，从北海飞往南海，苍苍茫茫，到底是为了什么？庄子说："它是顺应天地的法则，驾驭六气的变化，遨游于没有穷尽的绝对境界之中。"（乘天地之正，而御六气之辩，以游无穷者）

它也许没有特定的目的，只是坚持；坚持做一只大鹏一定要飞向最高的境界，最远的边陲，它要"背负青天""御风而行""搏扶摇而上九霄""无极之外，复无极也"。

最坏的时刻，不也是最好的转机吗？

这个世界并没有真实的大鹏，意象的大鹏则住在人的心里。人即使不能如大鹏一样，却应该向往大鹏的境界、赞美大鹏的境界，经常遨游在绝对的自由之中。

心灵的绝境，就像世界的南极和北极，冰雪封冻，寒彻骨髓，夏蝉、斑鸠、鹦雀可能都不会飞越，树丫、屋角、草尖已经是它们的终极之地。

但是，大鹏，不可能没有南极和北极。

因为，在绝境中飞行，是大鹏的宿命，也是大鹏的心愿。

浩浩宇宙，渺渺大千；万象森森，众生芸芸。有一些鸟坚持在雨中唱歌；有一些鱼坚持美丽与优雅；有一种意象，坚持在绝境中，还要逍遥于大化。

我每次在心情、感受、意境的绝处，总是冥想一只大鹏鼓风击浪，准备起飞。

谛听那宁静，隐于最深的孤寂之中，最坏的时刻不也是最好的转机吗？旅途的终站不也是新的起点吗？山谷绝底，每一步不都是往上行走吗？

我向那只硕大的锦鲤道别，突然与它聪慧明亮的眼睛相望。我始终相信，它的美丽不在它的鳞片，它也不在意那些进进出出的黑色的鱼。

因为，有些鱼，早相忘于江湖。

就像，有些鸟，早相忘于天空。

正如，有些人，早相忘于红尘。

10. 陶器与纸屑

在香港的中国百货公司买了一个石湾的陶器，我从前旅行时总是反对购买那些沉重易碎的物品，这一次忍不住还是买了，因为那陶器是一个赤身罗汉骑在一匹向前疾驰的犀牛上，气势雄浑，非常生动，很能象征修行者勇往直前的心境。

百货公司里有专门为陶瓷玻璃包装的房间，负责包装的是一位讲标准北京话的中年妇人。她从满地满墙的纸箱中找来一个，体积大约有我的石湾陶器的四倍大。

接着她熟练地把破报纸和碎纸屑垫在箱底，陶器放中间，四周都塞满碎纸，最后把几张报纸揉成团状，塞好，满意地说："好了，没问题了，就是从三楼丢下来也不会破了。"

我的石湾陶器本来有两尺长、一尺高、半尺宽，现在成为一个庞然的箱子了，好不容易提回旅馆，我立刻觉得烦恼，这样大的箱子要如何提回台北呢？它的体积早就超过手提的规定了，如果用空运，破的概率太大，还是不要冒险才好，一个再好的陶瓷，摔破就一文不值了。

后来，我作了决定，决定仍然用手提，舍弃纸箱、碎纸和破报纸，找来一个手提袋提着，从旅馆到飞机场一路无事，但是上飞机走没几步，一个踉跄，手提袋撞到身旁的椅子，只听到清脆的一声，我的心震了一下，完了！

惊魂甫定地坐在自己的机位上，把陶器拿出来检视，果然犀牛的右前脚断裂，头上的角则完全断了。

我心里非常非常后悔，后悔没有信任包装妇人的话，更后悔把纸箱丢弃。这时我心里浮起一个声音说："对于一个珍贵的陶器，包装它的破报纸和碎纸屑是与它同等珍贵的。"

确实，我们不能只想保有珍贵的陶器而忽视那些看来无用、却能保护陶器的东西。

生命的历程也是如此，在珍贵的事物周围总是包着很多看似没有意义、随手可以舍弃的东西，但我们不能忽略其价值，因为没有了它们，我们的成长就不完整，就无法把珍贵的东西从少年带到中年，成为有智慧的人。同样地，我们也不能忽视那些人生里的负面因素，没有负面因素的人生，就得不到教训、启发、锻炼，乃至于成长了。

对于一朵美丽的花，它脚下卑贱的泥土是一样珍贵的。

对于一道绚烂的彩虹，它前面的乌云与暴雨是一样有意义的。

对于一场精彩的电影，它周围的黑暗与它是同等价值的。

我们找到自己心中的那一池荷花，比会欣赏外面的荷花重要得多。

11. 荷花之心

　　偶尔会到植物园看荷花，如果是白天，赏荷的人总是把荷花池围得非常拥挤，深怕荷花立即就要谢去。

　　还有一些人到荷花池畔来写生，有的用画笔，有的用相机，希望能找到自己心目中最美丽的一角，留下一个不会磨灭的影像，在荷花谢去之后，能回忆池畔夏日。

　　有一次遇见一群摄影协会的摄影爱好者，到了荷花池畔，训话一番，就地解散，然后我看见了胸前都背着几部相机的摄影爱好者，如着魔一般地对准池中的荷花猛按快门，有时还会传来一声吆喝，原来有一位摄影者发现一个好的角度，呼唤同伴来观看。霎时，十几位摄影的人全集中在那个角度，大雷雨一样地按下快门。

　　约莫半小时的时间，领队吹了一声哨子，摄影者才纷纷收起相机集合，每个人都对刚才的荷花摄影感到十分满意，脸上挂着微笑，移师到他们的下一站，再用镜头去侵蚀风景。

这时我吃惊地发现，池中的荷花如同经历一场噩梦，从噩梦中活转过来。就在刚才摄影者吵闹俗恶的摄影之时，荷花垂头低眉沉默不语地抗议，当摄影者离开后，荷花抬起头来，互相对话——谁说植物是无知无感的呢？如果我们能以微细的心去体会，就会知道植物的欢喜或忧伤。

真是这样的，白天人多的时候，我感到荷花的生命之美受到了抑制，躁乱的人声使它们沉默了。一到夜晚，尤其是深夜，大部分人都走光，只留下三两对情侣，这时独自静静地坐在荷花池畔，就能听见众荷从沉寂的夜中喧哗起来，使一个无人的荷花池，比有人的荷花池还要热闹。

尤其是几处开着睡莲的地方，白日舒放的花颜，因为游客的吵闹累着了，纷纷闭上眼睛，轻轻睡去。睡着的睡莲比未睡的仿佛还要安静，包含着一些没有人理解的寂寞。

在睡莲池边、在荷花池畔，不论白日黑夜都有情侣在谈心，他们是以赏荷为名来互相欣赏对方心里的荷花开放。有时我看见了，情侣自己的心里就开着一个荷花池，在温柔时沉静，在激情时喧哗，始知道，荷花是开在池中，也开在心里。如果看见情侣在池畔争吵，就让人感觉他们的荷花已经开到秋天，即将留得残荷听雨声了。

夏天荷花盛开时，是美的。荷花未开时，何尝不美呢？因为所有的荷叶还带着嫩稚的青春。秋季的荷花，在落雨的风中，回忆自己一季的辉煌，也有沉静之美。到冬天的时候已经没有荷花，还看不看得见美呢？当然！冬天的冷肃让我们有期待的心，期待使我们处在空茫中也能见到未来之美。

一切都是美的，多好！

最真实的是，不管如何开谢，我们总知道开谢的是同一池荷。

看荷花开谢，看荷畔的人，我总会想起禅宗的一则公案，有一位禅者来问智门禅师："莲花未出水时如何？"智门说："莲花。"

禅者又问："出水后如何？"

智门说："荷叶。"

——如果找到荷花真实的心，荷花开不开又有什么要紧？我们找到自己心中的那一池荷花，比会欣赏外面的荷花重要得多。

在无风的午后，在落霞的黄昏，在云深不知处，在树密波澄的林间，乃至在十字街头的破布鞋里，我们都可以找到荷花之心。同样的，如果我们无知，即使终日赏荷，也会失去荷花之心。

这就是当我们能反观到明净的自性，就能"竹密无妨水过，山高不碍云飞"，就能在山高的林间，听微风吹动幽微的松树，远听、近闻，都是那样的好！

人是有机的，有生长的可能，只要能保有希望，就能点燃宇宙的希望之火。

12. 人是有机

人是有机的
当我们重新组合自己
就会有新的创造

人是有机的
最凶险的疾病
都有人康复

人是有机的
只要保有希望
就会点燃
宇宙的希望之火

人是有机的

有正向的信念

就会有正向的未来

大地震的时候，一盏西班牙美丽的石头灯掉落，砸中餐桌上一个日本鸣海的高级花盆，盆里种的仙人掌被压扁，掌浆四溢。意大利的大理石餐桌，也缺了一个洞。

看着那一片狼藉，使我难过不已。

我把压扁的仙人掌换了陶盆，随意放置在阳台，清理了石头灯、骨瓷盆的残骸。这些我曾心爱的、价值不菲的东西，一旦破碎，就一文不值了。

丢弃的时候，我想到，为什么明清的瓷器在拍卖场上可以有千万之价，因为要把一个瓷盆放数百年而无一丝裂纹，实在是太艰难了。

两个月之后，我惊奇地发现，那随意弃置的仙人掌，全身碎裂的部分已经黏合，形状就像一个台湾岛。更奇妙的是，从台湾头到台湾尾，在边边上，长出了七株翠绿的仙人掌，比原来被击碎的一柱擎天的仙人掌更美，简直是美极了。

我蹲下来，仔细地观赏那一盆充满生命力的仙人掌，为生命的奇妙而忍不住发出咏叹。人不是瓷器，而是仙人掌，瓷器一破永破，仙人掌则在碎片中也能重生，因为仙人掌是有机的，有生命力的，永远在生长的。

我们不能以过去的破碎作为借口，困在破碎之中。过去即使再破碎，也永远是过去了。

我们也不能以过去的痛苦作为推托，束缚于痛苦。生命的着力点并不在过去，而是此时此地此人。

人是有机的，有改变的可能，当我们重新组合自己，就会有新的创造。我们已经恶整自己好几年了，使我们的身心都濒临破碎，何不试试新的生长，看看是不是能生出新的枝芽。

人是有机的，有生长的可能，只要能保有希望，就能点燃宇宙的希望之火。最凶险的疾病，都有人康复；一旦想法改变了，有了正向的思维和信念，就会有正向的选择与未来。

我把仙人掌移回餐桌，放在那大理石缺口之上，一切都变得那么完美，充满了生机。

13. 九月很好

月亮与台风

快中秋了，阳历是九月。

孩子的自然课本，要做九月天象的观察，特别是要观察记录月亮，从八月初记录到中秋节。

每天夜里吃过晚饭，孩子就站在阳台等待月亮出来，有时甚至跑到黑暗的天台，仰天巡视，然后会看到他垂头丧气地进屋，说："月亮还是没有出来。"

我看到孩子写在习作上，几天都是这样的句子："云层太厚，天空灰暗，月亮没有出来，无法观察。"

最近这几天，连续几个台风来袭，月亮更连影子都没有，孩子很不开心，他说："爸爸，这九月怎么这么烂，连个月亮也看不见！"

"九月并不坏呀！最热的天气已经过了，气温开始转凉，是最美丽的秋天，有最好的月亮，只不过是这几天天气差一点而已。"

我告诉孩子，台风虽然是讨厌的，有破坏力的，但是台风也有很多好处，例如它会带来丰沛的雨量，解除荒旱的问题；例如它会把垃圾、不好的东西来一次清洗；又例如让我们感受到人身渺小，因此敬畏自然。

"既然不能观察月亮，你何不观察台风呢？"

"好主意！"孩子欢喜地说。

我看到他的作业簿上，写着诗一样的记录：

> 风从东西南北吹来，
>
> 云在天空赛跑，
>
> 雨势一下大一下小，
>
> 伞在路上开花。

台风的美，可能也不输给月亮。

月亮永不失去

中秋节没有月亮真是扫兴的事。

我想到，我们在乎的可能不是月亮，而是在乎期待的落空，否则每个月十五都是月圆，大部分人都没有什么感觉的。

生活实在太忙了，一般人平常抽不出时间看天色，中秋几乎成为唯一看天空的日子，我们准备了月饼、柚子、茶食就在表示我们是多么慎重地想看看月亮，让月亮看看我们。

好！月亮既然不出现，也就算了，我们吃吃月饼、尝尝柚子，在夜暗中睡去，明天再开始投入忙碌的生活，期待明年的中秋月亮。

其实，月亮是永不失去的，月亮看不见只是被云层所遮蔽，并不会离开它存在的地方。这是为什么佛教把自性说成月亮，见不到月亮的人只是被云层所遮，并不是没有月亮。

可惜的是，我们一年才看一次月亮，有多少人一年里看见一次自我的光明呢？在这个世界上，没有人能真正了解或知道我们，如果连自己都不能寻找生命的根源，不能觉知自我的光明，就连自己也不能自知了。

理论上，人人都知道月亮随时都在，实际上，很不容易去触及那种光明，也不是不容易触及，而是不愿去实践、不愿去发掘，很少去走出户外。

孤单之旅

在这个寂寞的时代，没有人能完全地互相了解，即使是知己、最亲密的人，也难以触及我们的内在世界。

因此，每一次的人生，就是一段孤单之旅。

我时常在想，由于生命的孤单和不足，这人间才会分成男人和女人、父母和子女、朋友和敌人、丈夫和妻子，如果是在一个完美与圆满的世界，一个人已经很够了。

　　也因为这种孤单和分裂，我们之间永远不能互相了解，对于自己的心如果能了解、能坦诚面对，也就够了；对于别人的心意，如果能了解一部分，不互相对立，也就很好了。

　　生命之所以有这么多不同，有着各种因缘和关系，是希望我们能从孤单中走出，试着去知道生命的不足。也由于孤单与不足，才会有一些更高层次的东西触动我们、吸引我们、带领我们。

生命的触动

　　生命的触动是多么必要呀！

　　当某种语言触动了我们的思维，那就是诗歌或者文学。

　　当某种颜色触动了我们的眼睛，那就是绘画。

　　当某种音声触动了我们的心灵，那就是音乐。

　　当某种传奇或故事触动了我们，那就是戏剧呀！

　　当某种情感触动了我们，那就是爱；当某种爱提升了我们，那就是慈悲；当某种慈悲被触动，就可以吸引我们、带领我们，走向生命圆满的归向。

心地明明，乾坤朗朗

在现实的生命，没有什么是圆满的，有时平静，有时狂喜；时而寂寞，时而热闹；或者欢欣，或者悲哀。

在现实的宇宙，没有什么是完美的，有时风和日丽是狂风暴雨的预示；有时云天晴美是地震台风的前兆；有时呀，不测的风雨会在午后的大晴朗后出来。

我时常在想，这变动不居的宇宙是不是我们变动不居的心识之映现？如果心地明明，是不是就乾坤朗朗了呢？

我找不到答案，唯一知道的是，台风来的时候，如果我们把房子造得坚固一些，我们依然可以在平静温暖的灯下读书。

悲伤与唱歌

生命不免会唱悲伤的歌。

但唱过歌的人都会发现，我们唱的歌愈是忧伤就愈是能洗净我们的悲情。

"悲伤的唱歌"和"唱悲伤的歌"是很不同的。

不管是悲伤或者是唱歌，都只是人生的一小段旅途。

好的悲伤和好的唱歌都会令我们感动，感动是最好的，感动使我们知悉生命的炽热，感动使我们见证了心灵的存在，感动使我们或悲或喜，忽哭忽笑，强化了生命的弹性。

能悲伤是好的。

能唱歌是好的。

悲伤时好好地悲伤吧！

唱歌时高扬地唱歌吧！

大不了

有几个朋友同时来向我诉苦，他们都在同一个办公室做事，关系不良、错综复杂，但他们分别是我的朋友。

他们相互之间看到的都是缺点，可能是距离近的缘故。

我看到他们的都是优点，可能是距离保持的缘故。

连续接几个电话下来，感觉就像是看"罗生门"一样，每一个都是真相，每一个也都不是真相。

对每一个朋友我总是说："别那么在乎，天下没有什么大不了的事！"

总统死了，会有新的总统；国家分裂了，会有新的国家；何况是小小的办公室呢？

真的，不必太在乎，不必太执着，天下没有大不了的事！

九月很好

九月是很好的月份。

中秋月圆、云淡风轻、温和爽飒。

真的，九月是很好的月份。

最近的那个台风也过去了，九月很好。

黄昏菩提

凡是树，就会努力生长
凡是人，就不会无端堕落
凡是人，就有人的温暖
凡是树，就会有树的风姿

我们在物质的堆砌，所塑造的是我们的画像，而不是真实的"我"。

1. 牛肉汁时代

朋友告诉我一个笑话：

一个有钱的贵妇去找一位知名的画家作画，并且谈好条件，这张画像一定要她家里的狗喜欢才付钱。

画家一口答应，但是向她要了双倍的价钱，理由是："画到连狗都喜欢，那是非常艰难的。"

画像终于完成了，当画送到的时候，贵夫人的狗立刻飞奔而至，状甚愉快，热情地舔着画像上主人的脸颊。那位贵夫人和她的狗一样兴奋，付了双倍的价钱给画家。

这件事情传开了，许多学艺术的人都非常佩服，纷纷来向他请教，如何画一幅画让狗看了也那么感动。

画家说："没什么呀！我只是在她脸上的颜料部分，涂了一点牛肉汁。"

这个故事很值得深思，一般人欣赏艺术品通常停在外表的层次，例如一幅画像不像，例如一幅画可以卖多少钱，因此，那些好卖的艺术品不一定很感人或很有创作力，只不过是在颜料里调了一点"牛肉汁"吧！

我们这个时代，由于外在的可炫惑的事物太多，可以说是一个"牛肉汁时代"，许多人拼命追逐外在事物，献出了大部分青春。不幸的是，外在事物时常是很短暂的、不永恒的，不能确立人生真实价值的。

我并不排斥人对表面事物的追逐，例如变得更有权位、住更大的房子、开更高级的汽车、穿更好的衣服、在更昂贵的饭店吃饭，因为这是人之常情，也是一个社会发展的动力。但是我很担心，太少人做内在的沉思与开发，对文化与品质的发展是很不利的。

人之所以异于禽兽，是人有一个广大的灵性世界，也可以说是人独有的品质。一个人活在世间，在作为人的独有品质的开发，至少应该花费和外在的、物质的追求相同的时间。如果一个人花在灵性思维的时间很少，他的身心就接近禽兽了。

特别是 90 年代以后的人，花费很少的时间就可以温饱了，大部分的追逐都只是欲望的展现。但是人生不仅如此，只是由于内在品质不像外在的物质易于被发现、易于被衡量，大家就忽视了。

禅宗里有一个公案，说有一个弟子非常崇拜赵州禅师，于是为赵州画了一幅画像，有一天拿给赵州看，问道："师父，您看这幅画像不像您？"

赵州说："如果不像，你就把画烧了。"

停了一下，赵州又说："如果像我，你就杀了我吧！"

弟子只好把画像烧了。

这个公案的意思是，表面的事物是无法取代内心世界的。我们在物质的堆砌，所塑造的是我们的画像，而不是真实的"我"，真实的"我"唯有在夜半扪心，花时间来反复思维才会显现。

真实的我，不是脸上涂满颜色的我。

真实的我，不是穿着流行时装的我。

真实的我，不是在街头奔赴名利的我。

真实的我，不是那个表面华丽、内心空虚的我。

"那么，真实的我要去何处寻？"

"你问我，我问谁呢？我找自己的时间都不够用了呀！"

"拜托，给一个简单的揭示！"

"好，给你一个简单的揭示，如果你花多少时间在穿衣、打扮、美容、工作、追逐；就花相同的时间来读书、思考、静心、放松，真实的我就会出来与你相见了，均衡一下嘛！广告不是这么说的吗？"

"这么简单，我回去就试试！"

"咦！你脸上怎么有牛肉汁？"

"呀？哪里？"

"哈，除了均衡一下，轻松一下嘛！"

如果我们的心足够明净，还会发现太阳离我们很近，月亮离我们很近。
星星与路灯都放着光明，簇拥我们前行。

2. 黄昏菩提

　　我喜欢黄昏的时候在红砖道上散步，因为不管什么天气，黄昏的光总让人感到特别安静，能较深刻省思自己与城市共同的心灵。但那种安静只是心情的，只要心情一离开或者木棉或者杜鹃或者菩提树，一回头，人声车声哗然醒来，那时候就能感受到城市某些令人忧心的品质。

　　这种品质使我们在吵闹的车流里，有一种难以言喻的寂寞；在奔逐的人群与闪亮的霓虹灯里，我们更深地体会了孤独；在美丽的玻璃帷幕明亮的反光中，看清了这个大城冷漠的质地。

　　居住在这个大城，我时常思索着怎样来注视这个城，怎样找到它的美，或者风情，或者温柔，或者什么都可以。

　　有一天我散步累了，坐在建国南路口，就看见这样的场景，疾驰的摩托车撞上左转的货车，因挤压而碎裂的铁与玻璃，和着人体撕伤的血泊，正好喷溅在我最喜欢的一小片金盏花的花圃上。然后刺耳的警笛与救护车，尖叫与围拢的人群，堵塞与叫骂的司机……好像一团碎铁屑，因磁铁辗过而改变了方向，纷乱骚动着。

对街那头并未受到影响，公交车站牌下等候的人正与公车司机大声叫骂。一个气喘吁吁的女人正跑步追赶着即将开动的公车。小学生的纠察队正鸣笛制止一个中年人挤进他们的队伍。头发竖立如松的少年正对不肯停的计程车吐口水。穿西装的绅士正焦躁地把烟蒂猛然踩扁在脚下。

这许多急促地喘着气的画面，几乎难以相信是发生在一个可以非常美丽的黄昏。

惊疑、焦虑、匆忙、混乱的人，虽然具有都市人的性格，生活在都市，却永远见不到都市之美。

更糟的是无知。

有一次在花市。举办着花卉大餐，人与人互相压挤践踏只是为了抢食刚剥下的玫瑰花瓣，或者涂着沙拉酱的兰花。抢得最厉害的，是一种放着新鲜花瓣的红茶，我看到那粉红色的花瓣放进热气蒸腾的茶水，瞬间就萎缩了，然后沉落到杯底，我想，那抢着喝这杯茶的人不正是那一瓣花瓣吗？花市正是滚烫的茶水，它使花的美丽沉落，使人的美丽萎缩。

我从人缝穿出，看到五尺外的安全岛上，澎湖品种的天人菊独自开放着，以一种卓绝的不可藐视的风姿，这种风姿自然是食花的人群所不可知的。天人菊名声比不上玫瑰，滋味可能也比不上，但它悠闲不为人知的风情，却使它的美丽有了不受摧折的生命。

悠闲不为人知的风情，是这个都市最难得的风情。有一次参加一个紧张的会议，会议上正纷纭地揣测着消费者的性别、年龄、习惯与爱好：什么样的商品是十五到二十五岁的人所要的？什么样的资讯最适合这个城市的青年？什么样的颜色最能激起购买欲？什么样的抽奖与赠送最能使消费者盲目？用什么形式推出才是我们的卖点，和消费者情不自禁的买点？后来，会议陷入了长长的沉默，灼热的烟雾弥漫在空调不敷应用的会议室里。

我绕过狭长的会议桌，走到长长的只有一面窗的走廊透气，从十四层的高楼俯视，看到阳光正以优美的波长，投射在春天的菩提树上，反射出一种娇嫩的生命之骚动，我便临时决定不再参加会议，下了楼，轻轻踩在红砖路上，听着欢跃欲歌的树叶长大的声音，细微几至不可听见。回头，正看到高楼会议室的灯光亮起，大家继续做着灵魂烧灼的游戏，那种燃烧使人处在半疯的状态，而结论却是必然的：没有人敢确定现代的消费者需要什么。

我也不敢确定，但我可以确定的是，现代人更需要诚恳的、关心的沟通，有情的、安定的讯息。就像如果我是春天这一排被局限在安全岛的菩提树，任何有情与温暖的注视，都将使我怀着感恩的心情。

生活在这样的都市里，我们都是菩提树，拥有的土地虽少，勉力抬头仍可看见广大的天空；我们虽有常在会议桌上被讨论的共相，可是我们每天每刻的美丽变化却不为人知。"一棵树需要什么呢？"园艺专家在电视上说，"阳光、空气，和水，还有一点点关心。"

活在都市的人也一样的吧！除了食物与工作，只是渴求着明澈的阳光，新鲜的空气，不被污染的水，以及一点点有良知的关心。

"会议的结果怎么样？"第二天我问一起开会的人。

"销售会议永远不会有正确的结论，因为没有人真正了解十五岁到二十五岁现代都市人的共同想法。"

如果有人说：我是你们真正需要的！那人不一定真正知道我们的需要。

有一次在仁爱小学的操场政见台上，连续听到五个人说："我是你们真正需要的。"那样高亢的呼声带着喝彩与掌声如烟火在空中散放。我走出来，看见安和路上黑夜的榕树，感觉是那样沉默、那样矮小，忍不住问它："你真正的需要是什么呢？"

我们其实是像那沉默的榕树一样渺小，最需要的是自在地活着，走路时不必担心亡命的来车，呼吸时能品到空气的香甜，搭公车时不失去人的尊严，在深夜的黑巷中散步也能和陌生人微笑招呼，时常听到这个社会的良知正在觉醒，也就够了。

我更关心的不是我们需要什么，而是青年究竟需要什么。十五岁到二十五岁的，难道没有一个清楚的理想，让我们在思索推论里知悉吗？

我们关心的都市新人种，他们耳朵罩着随身听，过大的衬衫放在裤外，即使好天他们也罩一件长到小腿的黑色神秘风衣。少女们则全身燃烧着颜色一样，黄绿色的发，红蓝色的衣服，黑白的鞋子，当他们打着拍子从我面前走过，就使我想起童话里跟随王子去解救公主的人物。

新人种的女孩，就像敦化南路圆环的花圃上，突然长出一株不可辨认的春花，它没有名字，色彩怪异，却开在时代的风里。男孩们则是忠孝东路刚刚修剪过的路树，又冒出了不规则的枝桠，轻轻地反抗着剪刀。

最流行的杂志上说，那彩色的太阳眼镜是"燃烧的气息"，那长短不一染成红色的头发是"不可忽视的风格之美"，那一只红一只绿的布鞋是"青春的两个眼睛"，那过于巨大不合身的衣服是"把世界的伤口包扎起来"，而那些新品种的都市人则被说成是"青春与时代的领航者"。

这些领航的大孩子，他们走在五线谱的音符上，走在调色盘的颜料上，走在电影院的看板上，走在虚空的玫瑰花瓣上，他们连走路的姿势，都与我年轻的时代不同了。

我的青年时代，曾经跪下来嗅闻泥土的芳香，因为那芳香而落泪；曾经热烈争辩国族该走的方向，因为那方向而忧心难眠；曾经用生命的热血与抱负写下慷慨悲壮的诗歌，因为那诗歌燃起火把互相传递。曾经，曾经都已是昨日，而昨日是西风中凋零的碧树。

"你说你们那一代忧国忧民，有理想有抱负，我请问你，你们到底做了什么了不起的大事？"一位西门町的少年这样问我。我们到底做了什么了不起的大事？拿这个问题问飘过的风，得不到任何回声；问路过的树，没有一棵摇曳；问满天的星，天空里有墨黑的答案。这是多么可惊的问题，我们这些自谓有理想有抱负忧国忧民的中年，只成为黄昏时稳重散步的都市人，那些不知道有明天而在街头热舞的少年，则是半跑半跳的都市人——这中间有什么差别呢？

有一次，我在延吉街花市，从一位年老的花贩口里找到一些答案，他说："有些种子要做肥料，有些种子要做泥土，有一些种子是天生就要开美丽的花。"

农人用犁耙翻开土地，覆盖了地上生长多年的草，草很快地成为土地的一部分。然后，农人在地上撒一把新品种的玫瑰花种子，那种子抽芽发茎，开出最美的璀璨之花。可是没有一朵玫瑰花知道，它身上流着小草的忧伤之血，也没有一朵玫瑰记得，它的开放是小草舍身的结晶。

我们这一代没有做过什么大事，我们没有任何功勋给青年颂歌，就像一株卑微的小草一样，曾经在风中生长，在地底怀着热血，在大水来时挺立，在干旱的冬季等待春天，在黑暗的野地里仰望明亮的天星，像一株卑微的小草一样，这算什么功勋呢？土地上任何一株小草不都是这样活着的吗？

所以，我们不必苛责少年，他们是天生就来开美丽的花，我们半生所追求的不也就是那样吗？无忧地快乐地活着。我们的现代是他们的古典，他们的朋克何尝不是明天的古典呢？且让我们维持一种平静的心情，就欣赏这些天生的花吧！

光是站在旁边欣赏，好像也缺少一些东西。有一次散步时看到工人正在仁爱路种树，他们先把路树种在水泥盆子里，再把盆子埋入土中，为什么不直接种到土地里呢？我疑惑着。

工人说："用盆子是为了限制树的发展，免得树根太深，破坏了道路、水管和地下电缆；也免得树长太高，破坏了电线和景观。"

原来，这是都市路树的真相，也是都市青年的真相。

　　我们是风沙的中年，不能给温室的少年指出道路，就像草原的树没有资格告诉路树，应该如何往下扎根、往上生长。路树虽然被限制了根茎，但自有自己的风姿。

　　那样的心情，正如同有一个晚秋的清晨，我发现路边的马樱丹结满了晶莹露珠，透明没有一丝杂质的露珠停在深绿的叶脉上，那露水，令我深深感动，不只是感动那种美，而是惊奇于都市的花草也能在清晨有这样清明的露。

　　那么，我们对都市风格、人民品质的忧心是不是过度了呢？

　　都市的树也是树，都市人仍然是人。

　　凡是树，就会努力生长；凡是人，就不会无端堕落。

　　凡是人，就有人的温暖；凡是树，就会有树的风姿。

　　树的风姿，最美的是敦化南北路上的枫香树吧！在路边的咖啡屋叫一杯上好的咖啡，从明亮的落地窗望出去，深深感到那些安全岛上的枫香树，风情一点也不比香榭丽舍大道的典雅逊色，虽然空气是脏了一点，交通是乱了一点，喇叭与哨子是吵了一点，但枫香树是多么可贵，犹自那样青翠、那样宁谧、那样深情，甚至那样有一种不可言说的傲骨，不肯为日渐败坏的环境屈身。

　　尤其是黄昏时分，阳光的金粉一束束从叶梢间穿过，落在满地的小草上，有时目光随阳光移动，还可以看到酢浆草新开的紫色小花，嫩黄色的小蛱蝶在花上飞舞，如果我们用画框框住，就是印象派中最美丽的光影了。可惜有很多人在都市生活了一辈子，总是匆忙地走来走去，从来没有看过这种美。

枫香之美、都市人之品质、都市之每株路树，虽各有各的风情，其实都是渺小的。有一回我登上郊外的山，反观这黄昏的都城，发现它被四面的山手拉手环抱着，温柔的夕阳抚触着城市的每一个角落，天边朗朗升起万道金霞，这时，一棵棵树不见了，一个个人也不见了，只看到互相拥抱的楼宇、互相缠绵的道路。城市，在那一刻，成为坐着沉思的人，它的污染拥挤脏乱都不见了，只留下繁华落尽的一种清明壮大庄严之美。

回望我所居的城市，这座平常使我因烦厌而去寻找细部之美的城，当时竟陪我跨越尘沙，照见了一些真实的大块的面目。那一天我在山顶上坐到辉煌的灯火为城市戴着光环才下山，下山时还感觉到美正一分一分地升起。

我们如果能回到自我心灵真正的明净，就能拂拭蒙尘的外表，接近更美丽单纯的内里，面对自己是这样，面对一座城市时不也是这样吗？清晨时分，我们在路上遇到全然陌生的人，互相点头微笑，那时我们的心是多么清明温情呀！我们的明净可以洗清互相的冷漠与污染，同时也可以洗涤整个城市。

如果我们的心足够明净，还会发现太阳离我们很近，月亮离我们很近。星星与路灯都放着光明，簇拥我们前行。

就像有一天我在仁爱路的菩提树上，发现了一个小红蚂蚁的窝，它们缓缓在春天的菩提枝丫上蠕动，充满了生命清新的力量，正伸出触角迎接经过漫长阴雨之后都城的新春。

对我们来说，那乱车奔驰的路侧，是不适于生存，甚至不适宜站立的；可是对菩提树，它们努力站立，长出干净的新绿，对小红蚂蚁，它们自在生存，欣然迎接早春；我们都是一样，是默默不为人知、在都市的脉搏里流动的一丝清明之血。

从有蚂蚁窝的菩提树荫走到阳光浪漫的黄昏，我深深地震动了，觉得在乡村生活的人是生命的自然，而在都市里生活的人，更需要一些古典的心情、温柔的心情，一些经过污染还能沉静的智慧。这株黄昏的菩提树，树中的小蚂蚁，不是与我一起在通过污染，面对自己古典、温柔、沉静的心情吗？

黄昏时，那一轮金橙色的夕阳离我们极远极远，但我们一发出智慧的声音，他就会安静地挂在树梢上，俯身来听，然后我感觉，夕阳只是个纯真的孩子，它永远不受城市的污染，它的清明需要一些赞美。

每天我走完了黄昏的散步，将归家的时候，我就怀着感恩的心情摸摸夕阳的头发，说一些赞美与感激的话。

感恩这人世的缺憾，使我们警醒不至于堕落。

感恩这都市的污染，使我们有追求明净的智慧。

感恩那些看似无知的花树，使我们深刻地认清自我。

最大的感恩是，我们生而为有情的人，不是无情的东西，使我们能凭借情的温暖，走出或冷漠或混乱或肮脏或匆忙或无知的津渡，找到源源不绝的生命之泉。

听完感恩与赞美，夕阳就点点头，躲到群山之背面，只留下满天羞红的双颊。

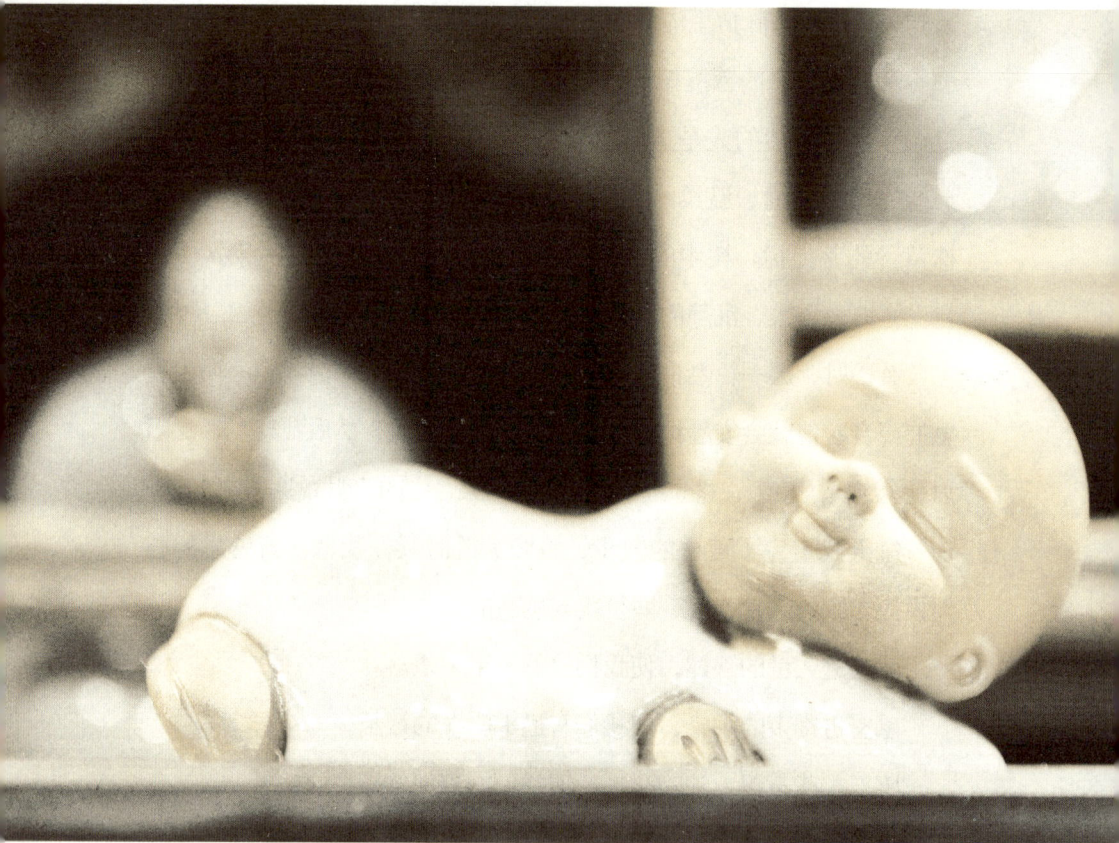

我们在人生历程的追求不也如此吗？财富、名位都只是一杯冰冷的春露！

3. 快乐真平等

有一个社团来请我演讲，令我感到意外的是，这社团参加的人至少都拥有上亿的财富。

我从来没有为这么有身价的人演讲过，便询问来联络的人："这些有财富的人要知道什么呢？"

"因为他们拥有太多的财富，有一些人已经失去快乐的能力！"

"怎么会呢？有钱不是很好的事吗？"我感到疑惑，可能是我从未想象有那么多财富，因而无从理解。

"会呀！一般人如果多赚一万元会快乐，对有十亿财产的人，多赚一百万也不及那样快乐。有钱人吃也不快乐，因为什么都吃过了，不觉得有什么特别好吃。穿也不快乐，买昂贵衣服太简单，不觉得穿新衣值得惊喜。甚至买汽车、买房子、买古董都是举手之劳，也没有喜乐了。钱到最后只是一串数字，已经引不起任何的心跳了。"

不只如此，这位有钱人的秘书表示，富有的人由于长时间的养尊处优，吃过于精致的食物，缺乏体力劳动，健康普遍都亮起黄灯和红灯，高血压、心脏病、糖尿病者比比皆是。

他说："林先生，到底有什么方法可以让有钱的人也得到快乐，拥有健康的身心呢？"

这倒使我困惑了，这世界上似乎有许多的药方，以及祖传的秘方，却没有一种是来治愈不快乐的，如果有人发明了这种秘方，他可能很快变成富有的人，连自己都会因财富而失去快乐的能力了。

我时常觉得，这世界在最究竟的根源一定是非常公平的，这不只是由于因果观点，而是一个人在一生中所能享有的福气有限，一旦在某方面有所得，在另一方面必然会有所失。虽然一个人也可能又有财富，又有权势，又有名声，又有健康，又有娇妻美眷，又能快乐无忧，但这种人千万不得一，大部分人都是站在跷跷板上，一边上来，另一边就下去了。

对于富人的问题，宋代思想家林逋在《省心录》中说："安乐有致死之道，忧患为养生之本。"又说："心可逸，形不可不劳；道可乐，身不可不忧。"意思是在生活上适度地欠缺，其实是好的，适度地劳动或忧患，不仅对人的身心有益，也才能体会到幸福的可贵。《左传》里说得更清楚："善人富谓之赏，淫人富谓之殃。"（和善清净的人富有了，是上天的奖赏；纵欲淫邪的人富有了，正是灾祸的开始）

清朝的魏源在《默觚下》中说："不幸福，斯无祸；不患得，斯无失；不求荣，斯无辱；不干誉，斯无毁。"对得失与代价的关系说得真好。生活的喜乐也是如此，想想幼年时代物质缺乏严重，不管吃什么都好吃，穿什么新衣都开心，换了一床新棉被可以连续做一个月的好梦——事实上，在最欠缺的时候，一丝丝小小的得，也就有无限的幸福；什么都不缺的时候，却是幸福薄似纱翼的时候呀！

我很喜欢李商隐的两句诗："欲就麻姑买沧海，一杯春露冷如冰。"（我想从麻姑仙子那里把沧海买下来，没想到她的沧海只剩下一杯冰冷的春露）我们在人生历程的追求不也如此吗？财富、名位都只是一杯冰冷的春露！

但富人不是不能快乐，只要回到平凡的生活，不被财富遮蔽眼睛，发掘出人的真价值，多劳作、多流汗；培养智慧的胸怀，不失去真爱与热情，则人生犹大有可为，因为比财富珍贵的事物多的是。

如果埋身于财富，不能解脱，那么"末大必折，尾大不掉"（树枝末梢太粗大，树干一定折断；动物的尾巴太大了，就不能自由地摇动了。语出《左传》）。如何能有快乐之日？心里不自由，身体自然难以健康了。

不过，我对富者的建议，可能是不切实际的，因为我不是富人，无从知悉他们的烦恼。

假如富人也还是人，我的意见就会有用了。站在人本的立场，这世间的快乐和痛苦还真平等呢！

4. 活的钻石

一个孩子问我:"叔叔,这个世界上有没有比钻石更有价值的东西?"

我问他:"你怎么会问这个问题呢?"

他说:"因为报纸上刊登了一个模特儿穿着一件镶满钻石的礼服,听说价值是一亿呢!"

我说:"有呀!这个世界上所有活着的钻石都比钻石珍贵而有价值。"

"钻石不是矿物吗?怎么会有活的钻石呢?"

我告诉孩子,凡是有价值的、生长着的事物,我们都可以叫它是活的钻石。像我们可以说花是活的钻石、爱是活的钻石、智慧是活的钻石、一个孩子是活的钻石。我摸摸孩子的头说:"你也是活的钻石呀,如果用克拉来算,你的价值也超过一亿呢!"

孩子不可置信地看着我,从他的眼神中,我看到了价值的混乱。

但是价值确是如此被混乱的，许多人误以为钻石的价值是真实的，反而不能相信世间有许多事物，其价值犹在钻石之上。就像毒品好了，每次当警方查获大批的海洛因或安非他命，新闻报道常说："此次查获的毒品，价值五亿四千万元。"这使我们读了感到混乱，因为毒品在不吸毒的人眼中根本是一文不值的，甚至会伤身害命，怎么可以有那么高的"价值"？

钻石虽然不是毒品，它的价值与价钱是值得思考的。钻石作为一种石头，它的价值是中立的，它的光芒，是因为附加的价值而显现。

如果是以钻石来表达爱情的永恒坚贞，钻石就变得有价值。

如果是以钻石来炫耀自己的虚荣，则钻石是一文不值的。

如果是以钻石参加慈善的义卖，去救助那些贫苦的众生，钻石就变得有价值。

如果把钻石收藏于柜中，甚至无缘见天日，则钻石是一文不值的。

有了好的附加价值，使钻石活了起来。

变成虚荣与炫耀的工具，钻石就死去了。

不只是钻石，所有无生命的、被认为珍宝的事物皆是如此，玉石、翡翠、珍珠、琥珀、琉璃、黄金、珊瑚等等，并没有真正的价值。

事物的价值是因为"意义"而确定的，意义则是由于"心的态度"而确立的。

如果我们真能确立以心为主的人格与风格，来延伸人生的意义与价值，就会显现生命的诚意，使生活的一切都得到宝爱与珍惜。每一朵花、每一个观点、每一段历程都变成"活的钻石"，每一分爱、每一次思维、每一次成长都以"克拉"来计算。

在这无常的世界、每一步都迈向空无的人间，重要的是"活"，而不是"钻石"。

每时每刻都是活生生的、都走向活的方向、都有完全的活。

每一个刹那都淳珍宝爱、都充满热诚与美、都有创造的力。

那么，生命就会有钻石的美好、钻石的光芒了。

5. 盖世神功

坐上一部出租车，司机长得十分魁梧，面貌堂堂，声如洪钟，在前座仪表架上摆了一张照片，是他裸露上身，露出结实肌肉的相片，就好像我们时常在健美比赛看见的一样。

"您是练健美的？"我忍不住问他。

他说："不是，我是练气功的。"

"您的身体可真健壮呀！"

出租车司机打开前座的置物箱，拿出一沓照片给我看，说："这是五年前的我，可以说全身是病，因为整天开车，缺乏运动，加上抽烟喝酒，弄得五脏六腑都坏掉了，每天有气无力，有时开车开到一半就睡着了。"

我看着他从前的照片，果然面黄肌瘦，与我眼前的这一位大汉，简直判若两人。在照片后面是一大沓各大医院的挂号证，算一算，一共有十七张各种病号的挂号证。

"我的一位朋友，看我快不行了，介绍我去练功，那时我自己也觉得如果不彻底改革身体，我就完了，于是开始去练气功。"

为了练功，这位司机朋友每天规定自己只做八小时的生意，其他时间都用来练功。

"可是，一拜了师父之后，师父不教我练气功，他说一个人要练功，先要做的是四件事，一是生活要正常，睡眠要充足；二是要注意饮食，不吃太油、太辣、太咸、太甜的食物，只能吃清淡食物；三是运动量要充足，每天至少有一小时的慢跑、游泳、打球等；四是不能抽烟喝酒。如果这四点做不到，他就不教我气功了。"

出租车司机彻底改变了生活，据他说，不到几个月，身体就已经很棒了，他说："不可思议，就好像回到我刚服兵役的时候。然后我开始练气功，到现在五年了，我就好像换了一个人，气功真的很有效。"

我说："其实不一定是练气功，一个人如果生活正常、饮食清淡、运动充足、不烟不酒，不必练什么功，身体也可以保持在很好的状态。气功，只不过是把这种好状态提升到更精纯的境地罢了。"

司机表示同意，接下来不出我的预料，他开始向我推荐他师父那神奇的气功，说是全年学费要两万元，只要报他的名字就可以打七折，并且会得到"师父"秘密心法的传授。

幸好，我的目的地很快就到了。

下了车，我仔细思索那位练气功的司机所说的话，这也正是现今社会上普遍存在的问题，大家都相信有某一种秘密的"神功"，可以彻底改变我们身上的体质，却不知道改变体质最重要的是睡眠、饮食、运动等基础的东西。

推而广之，改变教育体制的秘方，不是"教育部"有什么新政策，而是中小学里有没有用心的老师，从事教育的人有没有更充足的爱心，愿不愿意以全副身心的力量来启发学生。

改变治安体制的秘方，不是什么扫黑扫黄雷霆行动，而是警政单位执行公务的人，能不能不贪污、不欺压人民、不强暴民女，具有充分的道德与良知，真正代表正义的一方。

改变文化品质的秘方，不是什么单一的展览、表演，或介寿堂音乐会，而是落实的人文教育，让人有真正的美的向往，有生活提升的渴望。

改变经济体制的秘方，不在股市或房地产或特殊指标，而在于台湾当局是不是有诚心缩短贫富差距，愿意真心维护大众的利益。

我们这个社会缺少很多的基本功，都希望一下子能神功盖世，偏偏那些盖世神功都不是一蹴而就的，我们愿不愿意都站在自己的位置，好好来练练基本功呢？

从最基本的功架练起，即使神功没有练成，至少对自己，对社会国家，都是有所增益的。

从落花而知大地有情，这是体会
从葬花而知无常苦空，这是觉悟
从觉悟中知道万法了不可得
应该善自珍摄，不要空来人间一回

那些因舍而空出来的，必有更好的东西来填补；
那些舍去的并未消失，是为了生发更好的而存在。

1. 舍枝

那些因舍而空出的

必有更好的东西来填补

那些舍去的并未消失

是为了生发更好的而存在

冬日将尽，我在花园里整理花木。

一整年来，开花的草木都已努力地开过了，不会开花的树木也尽力地翠绿过了，在岁末，一切都已含藏，落叶飘零，蓄势待发。

面对着花园，知道自己有两种选择，一是保持一切的原貌，等春天自然的发芽；一是舍枝剪干，大力地整顿。

我选择了后者，舍枝剪干虽然会使花园暂时地荒芜，春芽却会很快生发，使今年的枝叶更繁茂、花朵更壮美，小小的舍弃却隐藏了更大的力量。如果我只保持原貌，枝叶会因苍老而消瘦，甚至花朵零落，失去精神。

找来一把大剪和锯子，毫不迟疑，毫不留恋地把枝叶剪个精光。

然后，我静静地等待春风春雨。

等待着。

直到翠芽相争，冒出头来。

生命的许多事不能不舍，甚至舍去看似珍贵的事物。

我们能舍、会舍、懂得舍，那是因为始终有这样的信心：那些因舍而空出来的，必有更好的东西来填补；那些舍去的并未消失，是为了生发更好的而存在。

2. 真正的桂冠

有一位年轻的女孩写信给我，说她本来是美术系的毕业生，最喜欢的事是背着画具到阳光下写生，希望画下人世间一切美的事物。寒假的时候她到一家工厂去打工，却把右手压折了，从此，她不能背画具到户外写生，不能再画画，甚至也放弃了学校的课业，顿觉生命失去了意义；她每天痛苦地把自己关在房间里，对任何事情都带着一种悲哀的情绪，最后她向我提出一个问题：我怎么办？我怎么办？

这个问题使我困惑了很久，不知如何回答。也使我想起法国的侏儒大画家罗德列克（Toulouse Lautrec）。罗德列克出身贵族，小的时候聪明伶俐，极得宠爱，可惜他在十四岁的时候不小心绊倒，折断了左腿。几个月后，母亲带着他散步，他跌落阴沟，把右腿也折断了，从此，他腰部以下的发育完全停止，成为侏儒。

罗德列克的遭遇对他本人也许是个不幸，对艺术却是个不幸中

只要生命不被消减，一个热烈的灵魂也就有可能在最阴暗的墙角燃出耀目的光芒。

的大幸，罗德列克的艺术是在他折断双腿以后才开始诞生的，试问一下：罗德列克如果没有折断双腿，他是不是也会成为艺术史上的大画家呢？罗德列克说过："我的双腿如果和常人那样的话，我也不画画了。"可以说这是一个最好的回答。

从罗德列克遗留下来的作品中，我们可以看到，他对正在跳舞的女郎和奔跑中的马特别感兴趣，也留下许多佳作，这正是来自他心理上的补偿作用，借着绘画，他把想跳舞和想骑马的美梦投射在艺术上面。因此，罗德列克倘若完好如常人，恐怕今天我们也看不到舞蹈和奔马的名作了。

每次翻看罗德列克的画册，总使我想起他的身世来。我想到：生命真正的桂冠到底是什么呢？是做一个正常的人而与草木同朽？或是在挫折之后，从灵魂的最深处出发而获得永恒的声名呢？这些问题没有单一的答案，答案就是在命运的摆布之中，是否能重塑自己，在灰烬中重生。

希腊神话中有两个性格绝对不同的神，一个是理性的、智慧的、冷静的阿波罗；另一个是感性的、热烈的、冲动的戴奥尼修斯。他们似乎代表了生命中两种不同的气质，一种是冷静理智，一种是热情浪漫，两者在其中冲激而爆出闪亮的火光。

从社会的标准来看，我们都希望一个正常人能稳定、优雅、有自制力，希望每个人的性格和表现像天使一样，可是这样的性格使大部分人都成为平凡的人，缺乏伟大的野心和强烈的情感。一旦这种阿波罗性格受到激荡、压迫、挫折，很可能就像火山爆发一样，在心底的戴奥尼修斯伸出头来，散发如倾盆大雨的狂野激情，艺术的原创力就在这种情况生发。生活与命运的不如意正如一块磨刀石，使澎湃的才华愈磨愈锋利。

史上伟大的思想家大部分是阿波罗性格，为我们留下了生命深远的刻绘；但是史上的艺术家则大部分是戴奥尼修斯性格，为我们烙下了生命激情的证记。也许艺术家们都不能见容于当世，但是他们留下来的作品却使他们戴上了永恒、真正的桂冠。

这种命运的线索有迹可循，有可以转折的余地。失去了双脚，还有两手；失去了右手，还有左手；失去了双目，还有清明的心灵；失去了生活凭惜，还有美丽的梦想——只要生命不被消减，一个热烈的灵魂也就有可能在最阴暗的墙角燃出耀目的光芒。

生命的途程就是一个惊人的国度，没有人能完全没有苦楚地度过一生，倘若一遇苦楚就怯场，一道挫折就闭关斗室，那么，就永远不能将千水化为白练，永远不能合百音成为一歌，也就永远不能达到炉火纯青的境界。

如果你要戴真正的桂冠，就永远不能放弃人生的苦楚，这也许就是我对"我怎么办？"的一个答案吧！

3．云散

我喜欢胡适的一首白话诗《八月四夜》：

我指望一夜的大雨，
把天上的星和月都遮了；
我指望今夜喝得烂醉，
把记忆和相思都灭了。

人都静了，
夜已深了，
云也散干净了，
仍旧是凄清的明月照我归去，
我的酒又早已全醒了。
酒已都醒，

最好的是，在孤单与寂寞的时候，自己也能品味出那清醒明净的滋味，
有时能有一些些记忆和相思牵系，才是最幸福的事。

如何消夜永？

这首《八月四夜》，是根据周邦彦的一阕词《关河令》改写成
的，《关河令》的原文是：

> 秋阴时作，
> 渐向暝变一庭凄冷，
> 伫听寒声，
> 云深无雁影。
> 更深人去寂静。
> 但照壁孤灯相映。
> 酒已都醒，
> 如何消夜永？

胡适的诗一点也不比周邦彦的原词逊色。我从前喜欢这首诗，
是欢喜诗中的孤单和寂寞的味道，尤其是在烂醉之后醒来，不知道
如何度过凄清的好像永无尽头的寒夜时。我在少年时代，有很多次
的心境都接近了这首诗的情景。

这使我想起，孤单和寂寞虽也有它极美的一面，但究竟不是幸
福的。只是有时我们细细想来，幸福里如果没有孤单和寂寞的时刻，
幸福依然是不圆满的。

最好的是，在孤单与寂寞的时候，自己也能品味出那清醒明净

的滋味，有时能有一些些记忆和相思牵系，才是最幸福的事。

清晨滚着金边的红云，是美的。

午后飘过慵懒的白云，是美的。

黄昏燃烧炽烈的晚霞，是美的。

有时散得干净的天空，也是美的。

那密密层层包裹着青天的乌云，使我们带着冷冽的醒觉，何尝不美呢？

当一个人，走过了辉煌的少年时代，有许多人就开始在孤单与寂寞的煎熬中过日子；当一个人，失去了情爱与生命的理想，可能就会在无奈的孤独中忍受一生；当一个人，不能体会到独处的丰富与幸福时，他的生命之火就开始黯然褪色……

凄清的明月是不是美丽的明月那同一个明月呢？当我们从生命的烂醉醒来的时候，保持明净的心灵世界，让我们也欢喜独处时的寂寞吧！因为要做一个自足的人，就是每一时每一刻都能看清云彩从心窗飘过的姿势。在云也散干净的时候，还能在永夜中保持愉悦清明，那么，即使记忆与相思不灭，我们也能自在坦然地走下去。

4.紧抱生命之树

深情地抱住一棵树

感受树的生命

体会树的不凡

进入树的坚强

一旦化入树的整体

失去拥抱树的我

就会在树里

看见自己

在青岛的崂山，巧遇一棵茶花树。

茶花树的岁数已不能查考，听说最少有七八百年。

只能以"伟大""非凡"来形容。这棵茶花树，高四层楼，花开数以万计，使得整个庭院，甚至整个天空，都是一片深红，美丽的深红。

所有的人为了看清整棵树，只好后退到墙边，仰望。

我走到茶花树下，走到茶花树干，轻轻地、景仰地、紧抱茶花树。那当下，仿如触电，茶花树把数百年的心情传到我的身上，绕了一圈，又回到树上去。

茶花树无言，却告诉我生命的无常，因为它看尽了王朝的兴衰起落。

茶花树无语，却告诉我每一次的风雨，只要通过考验，就会更壮大。

茶花树不动，却告诉我追求美之必要，它的岁月都是在开最美的茶花，即使最无知、无感者，也会为一棵开万朵的茶花，有莫名的感动。

在崂山上，茶花还算是个婴儿，有许多树是唐宋时代就有的，更有几棵从汉朝到现在的老树。

烧香祭拜了菩萨、憨山大师、道家的几位祖师之后，我一一去拜访老树，并深情地拥抱他们。在贴近老树之心的时刻，我感觉自己对一棵树的崇敬，并不会输给让人祭拜的神像。

尤其是汉朝的几棵树，我虽只是靠着树干，像是自己的眼睛已随树参天，几乎触及广大的蓝空，再俯视红尘。呀！这似飘风、似浮浪、似电光、似影子、似朝露、似眨眼的人世，在老树的眼中，有什么好争执、有什么放不下呢？

　　眼泪于我是风露，滋养了我。

批评于我是风霜，成长了我。

怨气于我是阳光，辉煌了我。

在南朝，或者北朝；在西汉，或者东汉；我已忘记是什么年代，我也曾数度被雷电击中，却繁茂了我，使我从一柱擎天化为百枝朝阳。

生命的苦难、风雨、考验，是必然、是无可遁逃。

因此，在逆境中学习一种转换心境的方法，是必要、是不能轻忽。

我从幼年时代就喜欢拥抱树木，在心情不佳、处境恶劣的时候，就会跑到离家屋不远的桃花心木林，拥抱那棵最高大的桃花心木。树的坚强与崇高就抚慰了我：安心吧！在你之前，有许多人心情比你更差；在你之前，也有许多人处境比你更坏；他们不都熬过来了吗？我看过很多很多人，你会度过的。

在城市里，周遭并没有大树，我种植了内心的大树，那棵树也是饱经风雨与考验的，但它有光明的态度、正向的思维、坚毅的意志，只要我闭起眼睛、贴近大树，一切不如意，就云淡风轻了。

我拥抱山林的大树，因为它们看尽人间繁华与凄凉，朝朝代代，使我们穿透了一时一地的困境。

我拥抱心灵的大树，因为它经历了生命的暗淡或辉煌，岁岁年年，使我超越了一朝一夕的迷思。

生命的树一旦真正长大，风雨就会变成掌声。

生命的树一旦真正确立，冰雪就会成为衬景。

生命的树一旦真正成熟，开花结果，只在弹指。

我想起许多年前，在黄山的万山之巅，靠在一棵老松的树干上，看着脚底的烟云风雾，内心感动莫名。这千年老松脚无寸土，是从石头缝生成的。

脚无寸土，屹立千年，不只青松如此，历史上伟大的修行人、思想家、创作者，哪一个不是站在那万仞岗上无寸土寸草的石上呢？

5. 以水为师

我很喜欢老子的一个故事。

传说老子的老师常枞要过世的时候，老子去请教老师最后的教化。常枞唤老子近身，叫老子看自己的嘴巴，问说："你看我的牙齿还在吗？"

"没有，牙齿都掉光了。"老子回答。

"那么，你看我的舌头还在吗？"

"还在，还鲜红一如从前。"老子说。

常枞说："这就是我要教你的最后一课呀。在这世界上，柔软是最有力量的。我死了之后，你要以水为师，水是这世上最柔软的东西，但是天下最刚强的东西也不能抵挡水。"

说完后，常枞就过世了。

这虽然是无法考证的传说，却点出了老子思想的精要所在，老子的《道德经》虽然讲的是"道"和"德"，但以水来作象征的篇章

天下人皆知水的珍贵，却往往轻忽那丰沛的水；善能以水为师的，实在是太少了。

很多，例如：

　　　　道冲，而用之或不盈。渊兮似万物之宗。挫其锐，解
　　其纷，和其光，同其尘，湛兮似或存。
　　——道要像深渊一样深不可测，是万物的本源，要清澈得似有
若无。

　　　　上善若水。水善利万物而不争，处众人之所恶，故几
　　于道。
　　——最上善的人，像水一样。水能滋养万物；而且本性温柔，
顺自然而不争；能蓄居在众人不愿居住的低下之处。有水这三种特
质的人，就与道相近了。

　　　　持而盈之，不如其已。
　　——人的内心要像水一样，盛在任何器皿都不能太满，满了就
会溢出，所以在满之前，就要知止。

　　　　知其雄，守其雌，为天下豁。
　　——知道雄壮刚强的好处，宁可处于雌伏柔顺的状态，这样的
人才可以作为天下的豀谷，使众水流注。

　　　　譬道之在天下，犹川谷之于江海。

——道在天下万物，就像江海对于川谷，江海是百川的归宿，道也是万物的母亲。

天下之至柔，驰骋天下之至坚，无有入无间。

——天下最柔软的东西，才能驾驭天下最坚强的东西，唯有以"无有"才能进入没有间隙的实体。

大国者下流，天下之牝，天下之交。

——伟大的国家应该像江海一样自居于下游，表现得像母性一样温柔，就会成为天下归结的所在。

江海所以能为百谷王者，以其善下之，故能为百谷王。

——江海所以能成为百川之王，是因为它善处于低下的位置，吸引百川汇注，所以成为百川之王。

天下莫柔弱于水，而攻坚强者莫之能胜。

——天下没有比水更柔弱的东西了，可是要攻破坚强的事物，没有一样胜过水。

……

因此，老子的哲学，我们可以说是水的哲学，也是守柔的哲学，也是他反复说明"守柔曰强""柔弱者，生之徒""弱者，道之用""柔弱胜刚强"等等的理由。但这种柔弱、柔顺、柔软、柔忍并非怯懦，而是"虚其心，实其腹，弱其志，强其骨"的。

天下人皆知水的珍贵，却往往轻忽那丰沛的水；善能以水为师的，实在是太少了。所以老子才会感慨地说："弱之胜强，柔之胜刚，天下莫不知，莫能行。"（弱能胜强，柔能克刚，天下人都知道，但天下人都难以实践）

感慨还是好的，有时候令人悲哀，如果我们对人说应该以水为师、珍惜每一滴水、保护环境和水土，不要滥垦滥葬，不要设高尔夫球场，不要破坏森林，这时候，"下士闻道，大笑之，不笑不足以为道"。（识见浅薄的人听到珍贵的道理，便大笑起来，如果他不笑，也不能算道了）

在天下大旱之际，想到老子"以水为师""守柔曰强"的思想，感受更是深刻，我们今天"居大旱而望云霓"，不正是从前"为者败之，执者失之"的结果吗？

为民牧者一边在破坏水土的球场上打高尔夫球，一边渴雨祈雨，有没有反省从前的作为呢？

人如果不能回到自我，做更高智慧之追求，使自己明净而了知自然的变迁，
有一天也会像一朵花一样在无知中凋谢了。

6．一朝

　　十二岁的时候，第一次读《红楼梦》，似懂非懂，读到林黛玉葬花的那一段，以及她的《葬花吟》，里面有这样几句：

　　　　尔今死去侬收葬，未卜侬身何日丧？
　　　　侬今葬花人笑痴，他年葬侬知是谁？
　　　　试看春残花渐落，便是红颜老死时。
　　　　一朝春尽红颜老，花落人亡两不知！

　　那是我第一次感受到落花也会令人忧伤，而人对落花也像待人一样，有深刻的情感。那时当然不知道林黛玉的自伤之情胜过于花朵的对待，但当时也起了一点疑情，觉得林黛玉未免小题大做，花落了就是落了，有什么值得那样感伤，少年的我正是"侬今葬花人笑痴"那个笑她的人。

我会感到葬花好笑是有背景的。那时候父亲为了增加家用，在田里种了一亩玫瑰，因为农会的人告诉他，一定有那么一天，一朵玫瑰的价钱可以抵上一斤米。可惜父亲一直没有赶上一朵玫瑰一斤米的好时机，二十几年前的台湾乡下，根本不会有人神经到去买玫瑰来插。父亲的玫瑰种得不错，却完全滞销，弄到最后懒得去采收了，一时也想不出改种什么，玫瑰田就荒置在那里。

我们时常跑到玫瑰田去玩，每天玫瑰花瓣黄的、红的、白的落了一地，用竹扫把一扫就是一簸箕，到后来大家都把扫玫瑰田当成苦差事，扫好之后顺手倒入田边的旗尾溪，千红万紫的玫瑰花瓣霎时铺满河面，往下游流去，偶尔我也能感受到玫瑰飘逝的忧伤之美，却绝对不会痴到去葬花。

不只玫瑰是大片大片地落，在我们山上，春天到秋天，坡上都盛开着野百合、野姜花、月桃花、美人蕉，有时连相思树上都是一片白茫茫，风吹来了，花就不计其数地纷飞起来。山上的孩子看见落花流水，想的都是节气的改变，有时候压根儿不会想到花，更别说为花伤情了。

我只有一次为花伤心的经验。那是有一年父亲种的竹子突然有十几丛开花了，竹子花真漂亮，细致的、金黄色的，像满天星那样怒放出来。父亲告诉我们，竹子一开花就是寿限到了，花朵盛放之后，就会干枯、死去；而且通常同一株育种的竹子会同时开花，母亲和孩子会同时结束生命。那时候我在竹子枯死的那一阵子，总会无端地落下泪来，不过，在父亲插下新枝后，我的伤心也就一扫而空了。

多几次感受到竹子开花这样的经验，就比较知道林黛玉不是神经，只是感受比常人敏锐罢了，也慢慢能感受到那种借物抒情、反观自己的情怀。

> 昨宵庭外悲歌发，知是花魂与鸟魂？
>
> 花魂鸟魂总难留，鸟自无言花自羞。
>
> 愿奴此日生双翼，随花飞到天尽头。
>
> 天尽头，何处有香丘？
>
> 未若锦囊收艳骨，一抔净土掩风流。
>
> 质本洁来还洁去，强于污淖陷渠沟。

长大一点，我更知道了花草树木都与人有情感、有因缘，为花草树木伤春悲秋，欢喜或忧伤是极自然的事；能在欢喜或悲伤时，对环境有所体会观照，正是一种觉悟。

最近又重读了《红楼梦》，就体会到了花草原是法身之内，一朵花的兴谢与一个人的成功失败没有两样，人如果不能回到自我，做更高智慧之追求，使自己明净而了知自然的变迁，有一天也会像一朵花一样在无知中凋谢了。

同时，看一片花瓣的飘落，可以让我们更深地感知无常，正如贾宝玉在山坡上听见黛玉的《葬花吟》"不觉恸倒山坡上，怀里兜的落花撒了一地"。那是他想到黛玉的花容月貌终有无可寻觅之时，又推想到宝钗、香菱、袭人亦会有无可寻觅之时，当这些人都无可寻觅，自己又安在呢？自身既不知何在何往，将来斯处、斯园、斯花、斯柳，又不知当属谁姓！

看看这种无常感，怎么能不恸倒在山坡上？我觉得整部《红楼梦》就在表达"人生如梦"四字，这是一种无可奈何的无常，只是借黛玉葬花来说，使我们看到了无常的焦点。《红楼梦》还有一支曲子，我非常喜欢，说的正是无常：

> 为官的，家业凋零；富贵的，金银散尽；有恩的，死里逃生；无情的，分明报应。欠命的，命已还；欠泪的，泪已尽；冤冤相报实非轻，分离聚合皆前定。欲知命短问前生，老来富贵也真侥幸。看破的，遁入空门；痴迷的，枉送了性命；好一似食尽鸟投林，落了片白茫茫大地真干净。

从落花而知大地有情，这是体会；从葬花而知无常苦空，这是觉悟；从觉悟中知道万法了不可得，应该善自珍摄，不要空来人间一回，这就是最初步的菩提了。读《红楼梦》不也能使我们理解到青原惟信禅师说的过程吗？

> 三十年前见山是山，见水是水。及后亲见亲知，有个入处，见山不是山，见水不是水。如今得个休歇处，依旧

见山只是山，见水只是水。

相传从前有一个老僧，经卷案头摆了一部《红楼梦》，一位居士去拜见他，感到十分惊异，问他："和尚也喜欢这个？"

老僧从容地说："老僧凭此入道。"

这虽是传说，但也不无道理，能悟道的，黄花翠竹、吃饭睡觉、瓦罐瓶勺都会悟道了，何况是《红楼梦》！

虽然《红楼梦》和"悟道"没有必然关系，但只要时时保有菩提之心，保有反观的觉性，就能看出在言情之外言志的那一部分，也可以看到隐在小儿女情意背后那广大的空间。

知悉了大地有情，觉悟了无常苦空，体会了山水的真实，保有了清明的菩提，我们如何继续前行呢？正是"一朝春尽红颜老"的那个"一朝"，是"万古长空，一朝风月"的"一朝"，是知道"放弃今日就没有来日，不惜今生就没有来生"！是"此身不向今生度，更待何生度此身"！是"当下即是"！是"人圆即成佛"！

那么就在每一个"一朝"中保有菩提，心田常开智慧之花，否则，像竹子一样要等到临终才知道盛放，就来不及了。

禅者的生活无他，只是保持在片刻的融入罢了，

活在当下，活在眼前，活在现成的世界。

7. 采更多雏菊

不可以一朝风月，

昧却万古长空；

不可以万古长空，

不明一朝风月。

——善能禅师

有一个八十五岁的年老的女人被问道："如果你必须再来一次，你要怎么生活？"

那个老女人说："如果我能够再活一次，下一次我一定对更少的事情采取严肃的态度，我一定要放松，我一定要使自己更柔软灵活，我一定敢去犯更多的错误，我一定要冒更多的险，我一定要做更多旅行，我一定要爬更多山，渡更多河，我一定要吃更多冰激凌，吃更少豆子……

"我是一个去到每一个地方都要带温度计、热水瓶、雨衣和降落伞的人，如果我可以再来一次，我一定要比这一生携带更轻的装备旅行……

"我是一个每天、每小时都过得很明智、很理性的人。我只享受过某些片刻，如果我要再来一次，我一定享受更多的片刻，我一定不要其他什么东西，只要尝试那些片刻，一个接一个，而不要每天都活在未来的几年之后。

"如果我必须再活一次，我一定要在更初春就开始打赤脚，然后一直维持到深秋。我一定要跳更多的舞，我一定要坐更多的旋转木马，我一定要摘更多的雏菊。"

这是印度修行者奥修在《般若心经》里讲的一个故事，接着他做了这样的评述："尽可能尽心地去过这个片刻，不要太理智，因为太理智导致不正常，让一些疯狂存在你心里，那会给予你生命热情，使生活更加充满朝气，让一些无理性一直存在，那会使你能够游戏，使你能够有游戏的心情，那会帮你放松，一个理智的人完全停留在头脑里，他没有办法从头脑下来，他生活在楼顶上。你要到处都能生活，这是你的家，楼顶上，很好！一楼，非常好！地下室，也很美！到处都能生活，这是你的家。我要告诉这个年老的女人：不要等到下一次，因为下一次永远不会来临，因为你会丧失前世的记忆，同样的事情又会再度发生。"

我们在生活里通常会遇到类似的问题："如果你再活一次！""如

果再从头开始！"大部分人的经验都是充满遗憾的，希望下一生能够弥补（如果真有下一生的话），极乐世界或者天堂正因为这种弥补而得以形成。只有极少数人知道，下一世是渺茫的寄托，不如从此刻做起。这些人使我们知道世界有更活泼的风景，我就认识好几位到了老年才立志做艺术家的；我也认识几位七十岁才到小学读补校的老人。

最近，我遇到一位七十五岁的老人，他热爱旅行，他的朋友时常劝阻他，因为担心他会死在路上，他说："死在路上也是很好的事。"不久前，他到大陆旅行，生了一场大病，上吐下泻，别人又劝告他，他说："陌生的旅途，总有不可预料的事，在那里生病总比没去过好！"

每次看到这样用心生活在当下的人，都使我有甚深的感悟。

我们的生命是由许多片刻组成的，但是我们容易在青少年时代活在未来，在中老年时代沦陷于过去。真正融入片刻，天真无伪生活的只有童年时代了。禅者的生活无他，只是保持在片刻的融入罢了，活在当下，活在眼前，活在现成的世界。

因此，我们对生命如果还有未完成的期盼，此刻就要去融入它，不要寄希望于渺茫的来生，活在一个又一个的片刻里，到死前都保有向前的姿势，只要完全融入一个纯粹天真的片刻，那也就够了。有很多人活在过去与未来的交错、预期、烦恼之中，从来没有进入过那个片刻呢！

我们来看奥修在片刻上怎么说："你不要等到下次，抓住这个片刻，这是唯一存在的时间，没有其他时间。即便你是八十五岁，你也可以开始生活，当你是八十五岁，你还会有什么损失吗？如果你春天打赤脚在沙滩上，如果你搜集雏菊，即使你死于那些事，也没什么不对。打赤脚死在沙滩上是正确的死法，为搜集雏菊而死是正确的死法，不管你是八十五岁或十五岁都没有关系，抓住这个片刻！"

8.第四个诗人

忍受那不能忍受的苦痛，

跋涉那不堪跋涉的泥泞，

负担那负担不了的风雨，

探索那探索不及的晨星。

——塞万提斯

四个诗人得到一瓶珍贵的陈年葡萄酒。他们打开酒瓶塞，让那已经沉睡百年的酒，在琥珀中清醒。酒香溢出的时候，诗人的内心开始骚动。

第一个诗人说："我用内在的眼睛，就能看见酒的芬芳在空间徘徊，像是一群鸟飞入充满精灵的森林。"

第二个诗人说："我用内在的耳朵，就能听见酒的香气，像是雾鸟的歌唱，又像是蜜蜂飞入了白玫瑰的花瓣。"

我用眼睛看美丽的风景，我用耳朵听远方的鸟声，
我用双手触摸清凉的河水，我用鼻子嗅闻幽微的花香。

第三个诗人闭上了眼睛，高举一只手，说："我用手就可以摸到这酒的芳香，我感觉到香气的翅膀像花仙子碰到我的手指。"

　　三位诗人全闭起眼睛，伸手去触摸空中的香气。

　　第四位诗人拿起了酒瓶，喝到一滴不剩。其他三位诗人张开眼睛，吃惊地望着他。第四位诗人说："我太迟钝了，没有那样的境界，我看不见酒的芬芳，听不见香的歌唱，也感觉不到翅膀的拍动，我只有用嘴喝它，希望我的感官可以更灵敏，把我提升到你们的境界。"

　　这是纪伯伦在《先驱》里的一则寓言，嘲讽沉醉于空想而不切实际的诗人。

　　诗人确实不是平常人，他们是"超凡之人"，使我想起青原惟信禅师说的话：

　　　　老僧三十年前，未参禅时，见山是山，见水是水。及至后来，亲见知识，有个入处，见山不是山，见水不是水。而今得个休歇处，依前见山只是山，见水只是水。

　　诗人与平常人相比，大约是在见山不是山、见水不是水的境界，他们的见解、体会与众不同；他们繁复、瑰丽、文明，繁复能使简单的变为多姿，瑰丽能使平淡的变成多彩，文明能使素朴的化成优雅。

　　由于诗人的巧夺天工、创造奇境，善者使平常的本质益为华丽，恶者驱紫夺朱，使人忘记了本质。

喝葡萄酒，使用的是舌头与鼻子，虚华的诗人却用了眼睛、耳朵和手，那最后一饮而尽的诗人，才是懂得喝酒的人呀！

因为，他活在当下，活在美丽的当下。

不只喝一杯葡萄酒，实际的人生也是如此。我们在青春少年时代，依恃着单纯的意志，有着天真而远大的理想，鼓琴当歌、有酒当醉，在爱情与友情里都能刺血立誓，全身的每一个细胞都充满了热情与勇气。

见山是山，见水是水。

然后我们掉入红尘的大河，受到波浪的撞击、瀑布的捶打，或载沉载浮，或随波逐流，或同流合污。我们知道：人生不是那么单纯！生活不是那么简易！情感不是那么清澈！我们穿着名牌的服饰，谈着不着边际的话题，与所有的人寒暄、擦身而过，再也没有什么热情了。

见山不是山，见水不是水。

有一天，我们从漂流的河中醒来，惊觉到小舟穿行于两岸，如果抬眼看岸，会发现风景在移动；如果回观身处的小船，会知觉小舟在移动。不论是舟行岸移，在生命的河流里，不动乃不可能；在岁月的漂泊中，岸上的人看船，或船上的人观岸，感受是完全不同的。

因此，做自己吧！回到质朴、真切、天然的自己，你管别人怎么看！你管别人怎么想！你管别人怎么说！你只在乎自己的纯心，甚至连在乎也无。

见山只是山，见水只是水！

我用眼睛看美丽的风景，我用耳朵听远方的鸟声，我用双手触摸清凉的河水，我用鼻子嗅闻幽微的花香。

我的舌头只用来，品尝生命的美好滋味。

我要做第四个诗人！

图书在版编目（CIP）数据

咸也好，淡也好 / 林清玄著；

——北京：北京联合出版公司，2015.9

ISBN 978-7-5502-6280-5

Ⅰ.①咸… Ⅱ.①林… Ⅲ.①散文集-中国-当代

Ⅳ.①I267

中国版本图书馆CIP数据核字(2015)第226031号

北京市版权局著作权合同登记图字：01-2015-6486

本著作物经厦门墨客知识产权代理有限公司代理，

由九歌出版社有限公司授权，

在中国大陆出版、发行中文简体字版本。

咸 也好，淡 也好

项目策划　　紫图图书 ZITO®

监　制　　黄利　万夏

丛书主编　　郎世溟

作　者　　林清玄

责任编辑　　宋延涛

特约编辑　　宣佳丽　路思维　张秀

装帧设计　　紫图图书 ZITO®

北京联合出版公司出版

（北京市西城区德外大街83号楼9层　100088）

北京中科印刷有限公司印刷　新华书店经销

130千字　710毫米×1000毫米　1/16　16.5印张

2015年9月第1版　2016年1月第2次印刷

ISBN　978-7-5502-6280-5

定价：39.90元